风隐问溪

见　忘　著

浙江工商大学出版社
ZHEJIANG GONGSHANG UNIVERSITY PRESS
·杭州·

图书在版编目（CIP）数据

风隐问溪 / 见忘著. -- 杭州：浙江工商大学出版
社，2024.10. -- ISBN 978-7-5178-6234-5

Ⅰ. I247.5

中国国家版本馆 CIP 数据核字第 2024RA0103 号

风隐问溪
FENG YIN WENXI

见　忘 著

策划编辑	王黎明
责任编辑	王　琼
责任校对	杨　戈
封面设计	朱嘉怡
责任印制	祝希茜
出版发行	浙江工商大学出版社
	（杭州市教工路 198 号　邮政编码 310012）
	（E-mail：zjgsupress@163.com）
	（网址：http://www.zjgsupress.com）
	电话：0571-88904980，88831806（传真）
排　　版	杭州朝曦图文设计有限公司
印　　刷	杭州高腾印务有限公司
开　　本	710mm×1000mm　1/32
印　　张	8.75
字　　数	146 千
版 印 次	2024 年 10 月第 1 版　2024 年 10 月第 1 次印刷
书　　号	ISBN 978-7-5178-6234-5
定　　价	55.00 元

目　录

引　言

　　一条溪流绕过村庄，打了个问号，便直奔岩门大峡谷去了。村庄就叫问溪村……

顾德尚的棋事

一

　　顾德尚到问溪村的时候,就听到路边几个毛孩子在喊: "老抓头,破鞋头,袜出头,裤拢头……"前面走着的是一位老人,他蓬着头,穿着邋遢,微驼着背,步伐虽有点迟缓,却还算稳当,也不理会那些叫唤的小孩儿,只留下一串嗒嗒嗒的脚步声。

　　顾德尚是到问溪村相亲的,是他一表舅牵的头,女方叫马晓玲。彼时顾德尚满心思都在女方的身上,也没注意太多。而顾德尚再次见着老抓头,已是半年后的事了。

　　正月初二,顾德尚到问溪村拜年。那次相亲是成了的,年前十月初就挑好日子办了喜酒,按当地风俗,婚后的第一个正月,新姑爷得到女方家里"拜头年"。与平时拜年不一样,这

"拜头年"要隆重许多,女方的叔婶舅姨等正亲家都要走一趟,还得提上一个大猪蹄子,当然对方得请新人吃饭,再回一红包,也就是所谓的"认亲",以后就是自家人了。

这样一来,顾德尚就得在问溪村住上几天了。那天中午,顾德尚在马晓玲二舅家吃午饭,一番盛情下,酒喝得有点上头了。回去的路上,马晓玲遇上了以前的囡伴,两人好久没见了,聊得一时停不下来,就让顾德尚自己先回去。顾德尚晃晃悠悠地拐进了一条巷子,想抄近路顺过去,刚一转弯,就差点撞上一个人,抬眼一看,却是一个邋遢老人。

老人看着他,退了两步,显得有些紧张,说:"我,我没撞着你吧?"

顾德尚见老人这般客气,急忙摆手说:"没有没有。"想了想,又莫名问了句:"那我没撞着你吧?"

老人摇了摇头,抬手抓了抓他那蓬乱的头发,像在回忆什么似的,半晌才说:"哦,你是万顷的囡儿婿吧?"

"不是不是,我叫顾德尚,是千顷家的。"顾德尚客客气气地纠正着。万顷是千顷的弟弟,他们还有个哥哥叫百顷。在问溪村,女婿是叫囡儿婿的。

"万顷、千顷,反正都是顷,按辈分,你得叫我阿公了。"老人挺了挺腰板,顾德尚想着早点绕回去,从兜里掏出包红牡丹,弹了两根出来,递到老人跟前说道:"阿公,抽烟,抽烟。"

"烟是害人精啊,我不抽烟。"老人又退了两步,摆了摆手。

"那,那,你会什么?"顾德尚一时不知说什么好。他的老丈人交代过,问溪村基本是姓马的,说起来都是叔伯亲眷,碰见上了年纪的男子,不管认不认识,都要给他们敬烟,否则会说你不懂规矩。顾德尚也是第一次遇见这年纪的男人不抽烟的,不由得有些蒙了。

"你会下棋吗?"老人像是想明白了什么,小心翼翼地反问道。

顾德尚还在上小学的时候,就喜欢看上间屋的退休老人"大肚人"下象棋。"大肚人"在村里棋艺一般,棋瘾却很大,没对手的时候,就会拉上顾德尚下上几盘。一开始还是"大肚人"教顾德尚下的,下着下着,就互有输赢了,再后来,他就不是顾德尚的对手了。初中毕业后,顾德尚先是跟老司(温州话中对掌握某种技艺的人的称呼)学做泥水工,后来又去温州做皮鞋,便很少摸棋子了。老人这么一问,倒把顾德尚压在心底的棋瘾勾了出来,他不由得点了点头,说:"象棋吗?会一点点。"

老人眼睛忽然亮了起来,声音也高了起来,说:"那我们杀一盘?"

看着老人的样子,顾德尚眼睛也亮了起来,说:"好啊。"又说道:"不过这里没棋子啊。"

"放心,我带了。"老人咧嘴笑了起来。他下排的门牙掉了一颗,像是一道闸门打开了,把欢乐也放了出来。只见他把手伸进棉褂袋里摸索着,不一会儿就掏出一巴掌见方的硬壳纸盒来。

盒子被磨得破旧了,老人小心翼翼地打开,就现出里面棋子的模样了,拇指那般大小,木头做的,四行四列分两层整整齐齐地排着。给顾德尚看了一眼,老人又把盒子盖了起来,说:"走吧,我们找个地方杀马去。"

老人带着顾德尚找到了不远处一牛栏,这牛栏看样子早已经不养牛了,空荡荡的,门板也歪倒在一边,里面还堆了不少稻草。两人找了一处避风的墙角,把门板抬了过去。老人掏出棋盒,打开,反手一盖,再拿起盒子,棋子就从折叠好的棋盘纸下蹦跶了出来。两人也没多说话,摊开棋盘纸,啪啪啪地摆好阵势。

老人让顾德尚先走,顾德尚也不客气,拿起棋子就架了个中炮。老人跳马,顾德尚也跳马,老人出车,顾德尚也出车,啪啪啪的,两人走得飞快。走着走着,顾德尚就走了步眼花棋,导致一个马被吃了,他着急之下又胡乱走了几着,老将就被将死了。

都说好汉不赢头盘棋,顾德尚起先并不在意,看老人邋遢的样子,说话也有点神神道道的,估计脑子不大好使,这棋艺自然也高不到哪里去。第二局开始,顾德尚便认真了起来,行棋速度明显慢了下来,但走着走着,顾德尚就觉得不对了,自己虽然还没丢子,整个局势却被压制住了,偌大的棋盘,感觉竟是无棋可走了,对方车马炮全线压境,没挡几个回合,老将就被闷宫了。

顾德尚自然不服气,在自己的村子里,他的棋艺算得上数一数二,虽然也有输棋,但输得这么憋屈,还是第一次。从第三局开始,顾德尚用手拍了拍脑门,打起精神,决定跟老人好好干上一盘。每走一步,顾德尚都要思虑一番,然后才小心翼翼地拿起棋子拍下去。果不其然,形势好了许多,顾德尚快马加鞭,一马直往对方老将奔去,一将就把对方老将请上了二楼。正自得意时,老人退炮一打,顾德尚仔细一看,马竟然没了出路,活活被捉。原来这一切,都是老人设计好的陷阱。想到这里,顾德尚顿时一口气泄了下去,又坚持走了几步,连车也被对方一马捉双了,只好投子认负。

顾德尚知道自己的水平跟老人差了一大截,也就没了兴致,说道:"阿公,你水平太高了,我下不过你,不下了。"老人说:"哎,这棋子都还没摸热,怎么就不下了呢?"顾德尚说:"水平差太多了,下着没意思。"老人说:"那我让你一个马,咱们再下几盘。"顾德尚见老人眼巴巴地看着自己,也不好意思推辞,再说心里到底还有一丝不服气，就又跟老人下了起来。

让马之后，顾德尚明显感觉来自棋盘的压力减轻了好多，这时候他才注意到，老人下棋的手有些特别。老人手指修长，指甲似乎好久没剪了，也好久没洗了，乌黑，却能明显看到隐藏的白，这样的手，在农村老人中是很难见着了。更特别的是，老人用的是左手，右手垂在门板下面，就是赢棋了，他也只是咧开嘴，左手手指在门板上弹着，发出突突突的声响，和着呵呵的笑声，显得十分欢快。然后，老人又用那左手摆好棋局。

顾德尚还注意到，有好棋和妙手的时候，老人的左手就会在脑门上抓几下，然后曲起，用食指与中指捏起棋子，缓缓绕一段弧线，再稳稳地拍下。只要听到这样"啪"的一声，顾德尚就会跟着一震，知道自己又要输棋了。

又下了两盘，顾德尚竟侥幸和了一局，这不由得让顾德尚憋着的情绪畅通了不少，觉得自己还有赢的希望，因此越发欲罢不能了。天色渐暗了下来，看棋子上的字眼也有些模糊了，顾德尚才忽然想起老婆交代过的，晚上得去她伯父家吃饭。

最后一局下完，等顾德尚甩下棋子跑回去时才得知，马晓玲已经找了他好久了。村里人吃饭吃得早，加上冬天日短夜长，一般人家在这时节下午四点多就开吃了，顾德尚回去时已差不多五点半了，那时还没手机，马晓玲还以为顾德尚喝醉躺哪儿了,把能想到的地方都找了个遍。当得知顾德尚是躲在牛栏里跟人下棋时,马晓玲气得把数落他的声调又提高了好几度。这么一折腾,这事也就弄得全村都知晓了。

"你怎么跟老抓头混在一起,人家癫,你也跟着癫啊,霉都给你倒死了!"马晓玲横眉竖目,说得顾德尚不敢吭声。还好老丈人劝了几句,才慢慢平息了下来。赶到大伯家,又是一番道歉。大伯了解情况后,又热了菜,请顾德尚吃酒。这下棋引起的风波才总算过去了。

二

马晓玲的大伯就是百顷。在吃酒闲谈中,顾德尚才了解到老抓头更多的情况。

老抓头是绰号,他的真名叫马智愚,村里小一辈的已很少知道了。他出身于地主家庭,不过后来地主被打倒,老抓头一家自然就败落了。父母亲死时,老抓头还没成年,因从小娇生惯养,干不了体力活,别说成家讨老婆,就连生计都成问题了。还好读过几年书,碰到村里有红白喜事,便帮人家写对联、号包(在红包或纸包上标明姓名及钱或纸钱的数额)什么的,混口饭吃。后来又干起"夹骨"的营生。早些年,有不少人死后,家人没钱安葬,就把尸身用草席一卷,放在棺材寮里,待完全腐烂了,再把尸骨放入金瓶罐(即装骨殖的陶罐)里封好,随便找个山坡或山洞就给埋了,后人若有条件了,便会把金瓶罐里的尸骨弄到棺材里,找块好坟地重新安葬。"夹骨"就是把腐烂后的尸骨夹到金瓶罐里,或是把金瓶罐里的尸骨夹到棺材里放好。干这活虽说不费力气,却被认为是极晦气的,只有下等没着落的人才会去做。而老抓头干了这活后,村里就更没啥人愿意跟他接近了,唯恐会触了霉头,也只有有白事了,要为办白事的人家号包,老抓头才能插上一脚。

"你弗看老抓头现在这样邋里邋遢,以前可讲究了。"百顷说起老抓头,眼角就会跟着嘴角翘起。"以前的老抓头,屁股后面的水是不吃的。"百顷又接着解释,"在地主人家,一大清早,长工就会去溪边先把水缸挑满,而老抓头家的长工得把扁担后头那桶水给倒掉,因为老抓头说长工会把屁放进去。"说完,他便呵呵笑起来。

顾德尚也是后来才知道,百顷他们的父亲就曾经在老抓头家做过长工。"三十年水流东,三十年水流西。人这一辈子,还真是说不清啊。"百顷的老婆也在一边感慨道。

"正月正头的,跟这种人还是少接触点,不大吉利。"百顷的老婆看着顾德尚,语重心长地说。

顾德尚点了点头。按农村的说法,正月是一年的开头,正月碰着的事,预示着这一年的运气好坏,是需要讲究的。也确实,自此后,顾德尚就避着老抓头了,去问溪村偶尔见着了,也远远地绕开。

而让顾德尚没想到的是,自己会有事要找上老抓头。那已是三四年后的事了,彼时,顾德尚在温州皮鞋厂打工已有好些年头了,流程、技术早就摸透,也有了一些积蓄,便盘算着自己出去单干。下了决心,租了间老厂房,买了二手机器,夫妻俩就轰隆隆地干起来了。

万事开头难,顾德尚一边干活一边跑销售,累就不用说了,最头疼的还是怎样把做出来的鞋子给卖出去。顾德尚是农村来的,比起温州本地城里的,人脉关系自然就差了许多,在当时的温州这又是最讲究的。已近农历年底,顾德尚还有小半存货没销出去,上午跑了几家柜台,要么是对方把价格压得太低没谈拢,要么干脆被一句话给回绝了,回来时穿过一条巷子,耳边都是家庭作坊里的机器在嘎嘎作响,听得更是令人心情烦躁。顾德尚埋着头,差点就撞进了人群里,抬眼才发现,一群人正围在那看着什么。

顾德尚本能地凑上前去,墙上贴的不是招聘员工、出租房子之类的广告,竟是象棋比赛的启事。大意是说,为庆祝老爷子八十岁大寿,将于明年正月十六举行象棋比赛,欢迎各位街坊邻居、鞋厂同人报名参加,奖品为何云云。落款则为三牛鞋业。

听人议论,那老爷子是个棋迷,以前身体好的时候,几乎天天都在老人亭那下棋,最近生病了,就没看见出来了。儿女都是做大生意的老板,举行象棋比赛庆祝八十大寿,是冲喜,也是哄老爷子开心。至于三牛鞋业,顾德尚知道,在温州鞋业界那可是鼎鼎有名的,据说是牛家三兄妹一起合办的,不仅规模大,而且在温州各大商场里有自己的柜台,还在杭州、上海等地设有销售点。顾德尚看到三牛鞋业这几个字,顿时眼前一亮,结合大伙的议论,便生出了一个想法。

顾德尚决定报名参加此次象棋比赛。顾德尚觉得,自己若是能在这次象棋比赛中获得好名次的话,就有可能跟牛老爷子搭上关系,也就有可能攀上三牛鞋业这棵大树,到时人家随便帮衬一下,自己生产的皮鞋就不愁没销路了。想到这里,顾德尚心跳开始加速,咚咚咚地在原本疲惫的身子里擂出战斗的力量。

对于自己的棋艺,顾德尚有一丝信心,但更多的还是忐忑。这几年来,顾德尚棋下得并不多,也偶尔跟工友下过几盘,基本是胜多输少,但正儿八经的比赛,顾德尚也没参加过,不知自己的水平究竟在什么层次上。而想到这儿,顾德尚自然就记起一个人。

顾德尚算了算,距离比赛还有差不多一个月的时间,自己如果能找到老抓头,让他指点一下,那胜算就更大了。

有了这个主意,顾德尚年底回家买年货,除了买了孝敬自家长辈的烟酒、鲜货、补品,还给老抓头也备了一份,并特意买了副牛角象棋带上。

正月初二,顾德尚就跟马晓玲到了问溪村,让他没想到的是,午饭后,他几乎把村子都转遍了,特别是上次遇见老抓头的那条巷子,都走了三四遍了,也没见着老抓头的身影。晚饭时老丈人叫了两个兄弟过来吃饭,顾德尚装作不经意地提到老抓头,才知道老抓头被摩托车撞断了腿,已在家里躺了一段时间。万顷说,骑摩托车的人当场就跑了,由于是在夜间,也不知道是什么人。百顷叹了口气,说,人啊,倒霉起来,喝冷水都会塞牙缝哪。

晚饭后,顾德尚决定趁着夜色去看一看老抓头,也省得闹出动静来。顾德尚给老抓头准备的礼品是两瓶金六福,加一副牛角象棋。想了想,又拿了一盒钙中钙,用蛇皮袋拢着,找了个借口,就从老丈人家溜出去了。此前零零碎碎的,也大概知道老抓头家的位置,走到桥头枫树下,顾德尚又问了几个正玩耍的孩子,顺着指点来到村后头一间老四面屋前,从围墙边绕上去，老抓头就住在上手的一间单层老屋里。

四面屋里有灯光，走在岩头路上，也还算有迹可循，不过到老抓头家，还要爬一截田埂，是烂泥路，顾德尚脚下一滑，差点就摔了个屁股蹲，还好反应快，及时抓住了路边的树枝。摸到屋门前，黑咕隆咚的，没见着灯光，又冷飕飕的。顾德尚一站住，便觉静得可怕，双腿不由得抖了起来，却听到有人声响起，说了短短的几个字后，又没了声息。过了一小会儿，又响了起来……

顾德尚听着自己的心咚咚作响，也慢慢辨出那个声音里的字眼，每句只有四个字，开头要么是车，要么是马，要么是炮什么的，接着是几进几或几退几，应该就是老抓头的声音。难道是在说梦话？确定老抓头在屋里，顾德尚做了个深呼吸，敲响了房门。

"啥人啊？"屋里的灯亮了起来，房子顿时白了一格子。

"阿公，是我啊，千顷的囡儿婿。"顾德尚喊了一嗓子。

"门没关，你自己进来吧。"老抓头咳了一声。

顾德尚推开门，一股药霉味散出，屋子里挂的是三支光电灯，白蒙蒙的，却一眼就可以看见老抓头靠在木床上，蓬头垢面的，身上盖着团发黑的棉被。顾德尚不自觉地打量起老抓头的家。正对门是一个锅灶，灶面上只有一口锅，比起一般人家的要小上许多。往里就是床了,床前并排摆着两条四尺凳,上面还放着两个白瓷饭碗,其中一个碗上面还架着双筷子。再往里是个衣柜,黑乎乎的看得不是很清楚。

见顾德尚进来,老抓头撑起手肘,把后背往床杠上挪了挪,原本眯着的眼睛也撑了起来。"阿公,听说你腿受伤了,我过来看看。"顾德尚一边招呼着,一边放下蛇皮袋,把东西一样样掏出摆在那两条四尺凳上。"哎呀,不要不要,无功不受禄,这些东西你拿回去。"老抓头摇着手,直到看到顾德尚把那副牛角象棋掏了出来。

老抓头不说话了,盯着那副象棋,眼睛里好似有光放了出来。顾德尚见状就直接把象棋递了过去。老抓头在盒子上摸了摸,微微颤抖着打开盒盖,车、马、炮等字眼就在乌黑的棋子上亮了起来。

"好棋啊。"老抓头赞叹道。

"那我们下一盘?"顾德尚提议道。

"好好好,杀马杀马。"老抓头连连点头。

顾德尚把四尺凳上的礼品与碗筷清理了下去,倒出棋子,摆好阵势。老抓头的腿伤还没好,只能靠在床杠上跟他下,屋里的灯光确实不够亮堂,尽管顾德尚把棋盘纸尽量往老抓头身边挪,但下棋的时候,老抓头还是得把身体斜过来,用右手手肘撑着,每走一步棋,就得翻转折腾一下。

不出意料,第一盘棋,顾德尚很快就输了。顾德尚摸了摸鼻子,说:"阿公,你下棋这么厉害,能不能教教我?"老抓头叹了口气,说:"我又不是老师,哪能说教呢?"顾德尚说:"那我拜你为师好了。"老抓头连忙摆手,说:"唉,不行不行,师者,传道授业者也,我这种人,怎么能当老师呢?"顾德尚说:"怎么不行啊,不是说能者为师吗?"老抓头说:"这个,不说了不说了,下棋下棋。"

顾德尚不好强求,只能帮着摆好阵势。这时候,老抓头忽然说道:"咱们要不要换个下法?"

换个下法?顾德尚有点纳闷,听了老抓头的解释才知道,因为腿伤没好,老抓头老是歪着身体拿棋子有点吃不消,就让自己帮他,他说下哪里,顾德尚把棋子放哪里就行了。从右到左,按一二三四分为九列,从底向前按一二三四依次列为十行,譬如右炮走当头,就是炮二平五,右马跳边,就是马二进一。顾德尚是初中毕业的,学过坐标,听老抓头一说,也就大致明白了。就是刚开始,得拿着棋子数数线,一盘下来,也就差不多顺手了。

自然还是输。又一盘开始,老抓头让顾德尚把自己下的棋也报给他。这样他躺着就更省力了。就这样,没下几步,老抓头竟眯起了眼睛。顾德尚以为老抓头累了打瞌睡,还担心睡着了怎么办。没想到,老抓头照样下得滴水不漏,十来回合后,顾德尚已有兵败如山倒的趋势了。紧张之下,顾德尚将一步车三平四,念成了车三平五。"你这样是送车给我吃了。"老抓头提醒道。"哦,我说错了,是车三平四。"顾德尚连忙纠正。又坚持了几步,车、马被先后抽杀了,顾德尚只好认负。顾德尚也是后来才知道,老抓头下的是盲棋。而自己在门外听到老抓头念念有词,就是老抓头在自己跟自己下盲棋。

又输了一把,老抓头问要不要让马,顾德尚拒绝了,毕竟比赛时对方是不可能让马的,就当是学习吧。顾德尚绞尽了脑汁,又两盘后,终于和了一盘,看老抓头的样子,一盘棋咳了好几次,脸色也似乎白了许多,估计是真累了。而自己能和一盘,也算是有难得的收获了。于是,顾德尚直起身子说道:"阿公,我们就下到这里吧。"

"好好好,马也不能一下子就杀完,今晚就到此为止吧。"老抓头说着,又是一阵咳嗽。看老抓头眉头紧皱着,顾德尚忙问有没有问题。老抓头摆手说没事没事,不过还是指点着让顾德尚帮忙倒碗开水来。喝了小半碗水,老抓头抹了抹嘴,说道:"你的棋艺比上次进步了不少,孺子可教啊。"说着身子往床里歪了过去,一只手摸索着,竟拿出一本书来。

"这本书送给你吧,你有空可以看看,这比我这个马虎老师有用多了。"老抓头把书递给了顾德尚。

顾德尚觉得脑门子里一热,激动得如得到了武林秘籍一般。顾德尚是颤抖地接过去的,书本不厚,封面被磨得已看不清书名了,隐约能看到画着棋盘的样子,边角也缺了不少,应该有不少年头了。

顾德尚把书捧到胸前,想说些感谢的话,甚至浮出了下跪拜师的念头,最终却只说出这么一句:"阿公,那我就先走了。"

老抓头没说什么,等顾德尚走到门口时,却忽然喊了起来:"先等下!"

顾德尚一激灵,还以为老抓头反悔了,却听老抓头说道:"你把棋留在这里就好了,酒和补品还是拿回去吧。"

当然,顾德尚没有真的把酒和补品拿回去,他回头把东西拿了出来,却趁老抓头不注意,又放在了门角落那里。顾德尚想,等明天天亮,老抓头就能发现了,总不至于把东西再送回来吧。但让顾德尚没有想到的是,后来老抓头还真把东西给送回他老丈人家里。

三

老抓头送给顾德尚的是一本老棋谱。

那时候,顾德尚还不知道棋谱这回事。回到老丈人家,老婆和孩子已经睡着了。为了不打搅家人,借着上厕所,顾德尚把茅房的灯拉亮了,就蹲在茅坑上翻看了起来。

开篇是序言,大致是说象棋乃博弈之术,如同对战,相传是韩信发明的,他把一生所学兵法融入其中,暗合阴阳五行,奇正变化,奥妙无穷……措辞半文半白,顾德尚看的是似懂非懂、云里雾里的。不过当顾德尚读到那段"弃子争先,攻彼顾我,入界宜缓,临杀莫急……"的口诀时,感觉每一句都像针一般刺入心里,原来自己的毛病就在这儿啊,他整个人顿时有种云雾散去的感觉。

若不是装模作样解了皮带光了屁股,顾德尚说不定真会跳起来。压着激动,顾德尚继续看下去,发现这是一个号称"空空斋主"的人写的,看时间落款是民国三十四年冬,应该也不算太久。往下翻,就看到页面上画着棋盘、棋子,页首题头是龙蛇斗法几个字,画边上又竖着两排字下来,分别标注黑、红,写着炮二平五、马二进三、马八进七、车一平二……顾德尚知道,这就是棋局双方对战的记录,顿时明白了老抓头教他下盲棋的良苦用心。

顾德尚尝试着记下棋局变化,却在三两步后,就开始迷糊了,知道自己跟老抓头还有很大的差距,又往下翻了翻,都是类似这样的棋局,数了数,竟有一百零八个之多。也就在这个时候,顾德尚听到有脚步声朝这边来,知道有人来上茅房了,连忙收拾着站了起来,却发觉双腿已经麻了,一时竟迈不开步来。人走近了,一看竟然是丈母娘,顾德尚急忙干咳了两声,硬挺着挪开了脚步。

听见丈母娘问自己是不是肚子不舒服,顾德尚连忙说没有没有,从丈母娘身边晃了过去,让出了茅坑的位置。回到房间,顾德尚翻覆了许久,等脑子里的那些棋子慢慢暗去,才有呼噜声响起。

第二天早上,顾德尚找了个借口,就急着提前回自个儿家里了。一回到家,他就迫不及待地拿出棋子按棋谱摆了起来。又一阵琢磨,顾德尚发现,棋谱的下法,几乎就是双方最厉害的着数,如果随意变动,就会出现漏洞,被对手抓住机会。老抓头的棋,就跟棋谱非常相似,而自己原本以为的一些妙着,对着棋谱一通摆下来,其实大多是漏着。顾德尚终于明白,老抓头为啥这么厉害了,如果自己也能把棋谱里的着数记下来,只要对方不按棋谱走,那自己就有办法抓住对方的漏洞,趁机获得胜利。

离比赛还有些时日,除了吃饭、上厕所,顾德尚基本就窝在房间里,对着棋谱琢磨着。顾德尚知道自己不可能一下子记住书上那么多棋谱,就着重选择了最常见的中炮屏风马,以及飞象局的变化进行研究。马晓玲知道顾德尚的目的,自是全力支持,不去打搅。不知不觉,顾德尚发现自己就是不看棋谱,也能在棋盘上把一些熟悉的棋局按着棋谱摆出来。随着棋谱越记越多,顾德尚的信心也渐渐增强了。

顾德尚计划正月初九去温州。初八下午,顾德尚特意找同村的大头下了几盘棋,以前他的水平跟大头差不多,他俩算是同村里下得最好的两个。几盘棋下来,顾德尚轻松取胜。最后,顾德尚故意卖了个漏洞,输了一盘,结束了战斗。这样的结果,让顾德尚对自己的判断得到验证,对比赛更是充满了期待。

比赛的日子终于到来了。棋赛是在三牛鞋业厂房一个新盖的大车间里进行的,大约有四十五人参加,大多是上了年纪的,排了二三十桌,再加上围观的人,车间就显得很热闹了。比赛是单局淘汰赛,赢的就进入下一轮。第一轮,顾德尚还有点紧张,不过对手好像更紧张,进入中局,还没等顾德尚施展,对手走了个眼花着,送了一个车,顾德尚轻松获胜。接下来几盘,顾德尚逐渐进入状态,一一击败了对手。到了下午,赛场上就剩下两对四个人了。

也就在这个时候,有人拿来了棋钟,说是用来计时,正规比赛都要用的。裁判摆弄了一通,告知了使用的方法。顾德尚从没见过这玩意儿,用起来不免有些不习惯,一个走神,就忘了按棋钟,半晌才反应过来,手忙脚乱,就走出个眼花着丢了大子,极力想顶住,但对方也不是吃素的,步步为营,杀得光杆老将无处可逃,顾德尚只好投子认负。好在在第三、四名比赛中,顾德尚稳了下来,抓住对方一步缓着,大军压境,形成车马炮归边之势,擒下对方老将,获得了第三名。而前三名除了有奖金,还被邀请参加晚上牛老爷子的寿宴。牛家三兄妹在寿宴上给比赛前三名颁了奖。晚宴后,冠亚军皆喝得大醉,就顾德尚陪坐在轮椅上的老爷子下了盘棋。此后,有事没事,顾德尚就过去陪老爷子过过棋瘾,一来二往,自然就跟三牛鞋业拉上了关系,自己生产的鞋子也实实在在地打开了销路。

都说运气来了挡都挡不住,顾德尚的生意也是越做越顺,鞋厂规模也越来越大,钱也越赚越多,不到两年,顾德尚的尚玲鞋业,在温州已是小有名气了。

钱赚得多自然是好事,但也会生事。顾德尚生意做大了后,在各种场合应酬交际,眼界开阔了,欲望也随之膨胀,特别是在男女之事上,开始还偷偷摸摸,后来就有点明目张胆了。马晓玲察觉后,大闹一番,就连娘家也听到动静了。亲戚朋友有劝和的,明白顾德尚发了财腰杆硬了,不会怕离婚什么的,就拿良心来说事,说当初你俩可是如何如何,做人可不能忘本啊之类的。

顾德尚也确实动了离婚的念头,大城市里历练出来的女人,热情如火、柔情似水,一个山里娃出身的,那诱惑也实在是挡不住。不过,顾德尚最怕有人说他忘本,那是从小被灌输的思想,就像树根一样扎在脑子里。想到这儿,顾德尚就记起了老抓头,他的发达得益于老抓头的助力,老抓头是有恩于他的,但这一两年确实太忙了,连过年回去都是匆匆忙忙的,甚至去问溪村也是在老丈人家吃个饭就走,更别说去找老抓头了。只是想着会被人戳脊梁骨,顾德尚就觉得不好受,是时候证明他不是忘本的人了,想来想去,他决定接老抓头到城里玩几天。

对家里面讲,老抓头是长辈,又是独自一人,做的还是肮脏之事,被人嫌弃,他自己做生意要多行善,带老抓头去城里走走、见见世面也是做好事。对老抓头说,在温州碰见个高手,自己下不过,就把你抬出来了,对方非要让他常去会一会。也确实,前段时间在茶楼等客户时遇到个下彩棋的老头,顾德尚手痒下了几把,输了几百块钱。交谈后得知,老头还在一次全市的比赛中得过冠军。顾德尚也想让老抓头去会会,到底是谁的水平更高一筹。

好说歹说,总算把老抓头劝上了车,看老抓头眼里闪过的光,顾德尚知道老抓头也是想去的,只是自己这般热情让老抓头不习惯而已。

奥迪车里只有两个人,老抓头坚持坐后排。车子一路开到了温州,顾德尚在温州已经买了房子,但想了想还是把老抓头安排在附近的宾馆里。去温州前,老抓头已经换了身算是好的衣服,不过从服务员皱眉的表情中便可知道,那样子还是不太好见人的。在宾馆里让老抓头洗了身子,又到楼下理发店给剪了头发、刮了胡子。老抓头那次被撞折了腿,虽说伤是好了,却落下了跛脚的毛病,顾德尚又买了根登山的拐杖给他拄上。老抓头也知道到城里要体面些,就摆出一副听由安排的样子。晚饭是在顾德尚温州家里吃的,他跟马晓玲虽然闹得厉害,但老家来人,面子还是要遮过去的。马晓玲亲自下厨,做了一桌子菜,还特意买了两只大江蟹。

看到老抓头时,马晓玲还是吓了一跳。对老抓头邋遢的样子,马晓玲早已印象深刻,但现在出现在眼前的却是一个带着点儒雅气质的老成人,也就是城里人说的知识分子。不过那不自觉闪躲的眼神还是让马晓玲找到了熟悉的感觉,原本嫌脏的顾忌也顿时没了。马晓玲招呼着,让老抓头坐下来吃饭,老抓头客气了一番,也就在饭桌前坐了下来。顾德尚开了瓶古井贡酒,劝老抓头喝一杯,老抓头说少点少点,一两的杯子倒了八分满,顾德尚也给自己倒了差不多的分量,陪着喝了起来。

孩子早早就吃完饭,跑到客厅看电视去了。三人在饭桌上谈笑着,倒有点像是一家人的样子,但顾德尚知道,这种融洽是伪装出来的,是暂时的。他已经好些日子没在家里吃过晚饭了,说是去应酬,其实也是怕吵闹糟心。酒喝到一半,马晓玲吃完饭就先出去了,说要督促孩子做作业,让两人慢慢吃。顾德尚要给老抓头加点酒,老抓头说不喝不喝了,再喝就醉了。顾德尚说,那这杯加满就不倒了。老抓头连忙用手捂住杯口,说不要不要,真的不要了。见老抓头这样子,顾德尚也就不勉强了。

酒快喝完了,老抓头的脸也红润了不少,忽然显得紧张起来,想伸手去抓头,却发现已理了发,顿了顿,又把手放下,轻声说道:"晚上就不下了吧?"顾德尚问怎么了。老抓头说:"今天没状态,估计下不过你说的那个高手。"顾德尚笑了起来,说:"晚上不下,好好睡觉。"

顾德尚其实也没确定什么时候带老抓头去会会那个下彩棋的老头,当天晚上早早就送老抓头回宾馆休息,第二天一早去厂里后就忙碌开了,只能交代马晓玲带老抓头出去转转。晚上推了个应酬回到家,进门就看见老抓头跟儿子在客厅里下棋,才想起来今天是周末。厂里生意忙的时候,是没有什么休息日的。儿子顾宇轩才上小学一年级,闲下来时顾德尚偶尔也会教儿子下棋。儿子刚懂得马走日、象走田、双王不照面之类的一些走法规则,没想到老抓头也能跟这小子下得津津有味,连他开门进来也没抬头反应。

顾德尚也没去打搅,拐进厨房问正在收拾碗筷的马晓玲有没有带老抓头去江心寺、五马街转转。马晓玲没好声气,嘟囔了句:"你看他腿脚的样子,能走得了吗?"顾德尚问还有吃的没。马晓玲白了一眼,说:"不早说。"顺手拿了一个洗好的碗,说:"电饭锅里还有点剩饭,桌上还有几个菜,自己吃吧。"

狼吞虎咽了几口,把剩饭剩菜扫了个光,顾德尚来到客厅,看老抓头还在跟儿子下棋,就加入了进去。顾德尚给儿子支着儿,结果却是个眼花着,被儿子嫌弃了一番。这时候就听到马晓玲叫了起来:"顾宇轩,你的作业做完了没?"顾德尚连忙催促儿子去做作业,客厅里就剩下老抓头与顾德尚俩了。

看着眼前的棋盘,顾德尚说:"杀一盘?"老抓头没吱声,过了许久才说:"我们还是先去会一会那个高手吧。"顾德尚不能确定,但还是带老抓头去那茶楼碰碰运气。

顾德尚叫了辆三轮车,两人来到了那茶楼。门口挂着一四字匾额,人来人往中,老抓头停住脚步,抬头又看了看匾额。

顾德尚觉得那字写得让人似懂非懂,就问是什么字。老抓头念道,无酒茶楼,又点了点头,说这字有点意思。

上了二楼,人头攒动,座位差不多坐满了,不少桌子上还摆着一瓶瓶刚刚流行起来的双鹿纯清。嗡嗡声中,顾德尚大声问一个女服务员:"那个平时在这里下棋的老头,你知道吗?"女服务员摇了摇头,让他问前台老板娘。问了老板娘后,顾德尚才知道,那下棋的老头是她一个表舅,只有下午生意清淡的时候在这里,到下午四点多钟就走了。

顾德尚只好把老抓头送回宾馆,刚到门口,短信声音响起,一看,是那个熟悉的号码,发来让人心热的几个字:我想你了。顾德尚本来还想陪老抓头下盘棋,但收到短信后,便找了个借口,先去陪那个她了。

第三天的日程,顾德尚已经想好了,义乌那边有个重要的客户过来,自己是没有空了,于是他安排了马一峰早上先带老抓头去五马街、江心寺逛逛,下午再去茶楼找那个下棋的老头。马一峰也是问溪村的,在他的厂里专事送货,有自己的车子,行动也方便。

那天下午,顾德尚陪客户参观了他的鞋厂后,正准备带客户去酒店吃饭,马一峰来电话了。马一峰说:"老抓头闹着要回村里了。"顾德尚说:"棋下了吗?"马一峰说:"没下。"顾德尚说:"那个下棋的老头不在吗?"马一峰说:"在,不过人家要下彩棋,老抓头说,下彩棋就是赌博,老祖宗有规矩,他家后人不能赌博。"顾德尚有点不耐烦,说:"行,那你就送老抓头回去吧,宾馆那我来结账,油钱、工资算厂里的。"

顾宇轩是在老抓头回去后第三天晚上才问起的,顾宇轩说:"爸爸,阿太去哪里了?"顾德尚说:"阿太回家去了。"顾宇轩说:"阿太说要教我下棋,怎么就回去了?"顾德尚说:"没事,爸爸教你。"顾宇轩说:"我不要你教,你都不在家,就是在家也是身在心不在的。"顾德尚听了,心里仿佛被刺了一下。他忽然觉得,为了孩子,自己得多花一些时间在家里了。

四

顾德尚到底还是离婚了。

离婚的原因不是外面有人,也不是发达了要抛弃糟糠之妻,而是厂子倒闭了,还欠了一屁股的债。为了不拖累妻儿,顾德尚就跟马晓玲到民政局扯了离婚证。

顾德尚后来反思,是自己太飘了,都说天狂有风,人狂有灾。生意做大了后,就觉得自己太能了,盲目扩大规模,导致资金周转紧张;替人担保,结果银行找到了自己;幻想着在牌桌上补个窟窿,又欠下一大笔高利贷。原本温州民间资本活跃,一个电话周转个百把万也不是问题,但那段时间里,身边不少生意朋友就像中了邪似的,莫名就爆雷了,隔两天就听到哪个老板跑路了,哪个老板竟然跳楼了。

有听说生意做大的,跑到国外去,顾德尚没那么大能耐,只能东躲西藏着。到了年底,顾德尚觉得自己无处可躲了,甚至动了自杀的念头,但终究还是没那个勇气。那天,顾德尚路过玻璃橱窗,瞥见自己蓬着头邋遢的样子,心里忽然有了一个想法。

顾德尚买了两箱方便面,拆开了放在蛇皮袋里,骑着那辆从厂子里顺出来的破摩托车,在附近加油站加了油,趁着夜色,就呼呼呼地往问溪村赶去。

顾德尚没有去老丈人家,把摩托车扔进路边一处隐秘的草蓬窝里,背着方便面,就偷偷地去了老抓头的家。

顾德尚早已关了手机,村子里黑乎乎的,大冬天的,路上看不到有人来往,也不知道几点钟了,摸到老抓头家附近,窗格上竟还有微弱的光透出。走到屋门前,隐约听到老抓头一个人下盲棋的声音。

顾德尚听着,大概是一方车把一方老将"铁门拴"了,等声音暂停后,他才推了推门。门没有关紧,吱呀一声就开了。"啥人啊?"屋里传出了老抓头的声音。"阿公,是我。"顾德尚压住声音。"你是顾德尚吧?"老抓头说道。"是,我是顾德尚。"顾德尚从黑暗中冒了出来,走进门。对于老抓头第一时间就叫出自己的名字,顾德尚有些吃惊又有些激动。自从上次接老抓头去温州后,顾德尚近乎有两年时间没见着老抓头了。顾德尚说:"阿公,你耳朵真好,这么一下就听出是谁了。"老抓头说:"不是我耳朵好,我这里,除了你,没有人会大晚上来。"

看到顾德尚的样子,老抓头也有点吃惊。老抓头说:"你咋变成这个样子了?"顾德尚也不隐瞒,把自己生意失败逃债的事情说了出来,还说自己想在这里住几天。老抓头说:"我这里啊,你想住多久都可以。"又拍了拍床,说:"如果你不嫌弃,晚上就在这里挤一挤,我睡这头,你睡那头。"顾德尚说:"那麻烦了。"老抓头说:"麻烦啥,两个人睡,火笼都不用了,还省得麻烦。"顾德尚眼睛一酸,哽咽道:"好好好。"也不知怎么了,一进门,就有种回家的感觉。

又聊了几句,顾德尚觉得肚子直打鼓,就问有没有开水。老抓头说灶头上的开水瓶里还有。顾德尚泡了包方便面,老抓头没有晚上吃夜宵的习惯,就看着顾德尚一个人吃完。躺进被窝,顾德尚觉得浑身暖洋洋的,很快就迷糊过去了。确实,已经好久没有睡过这么舒坦的觉了。

一觉醒来就是天光大亮了,老抓头已经煮好了稀饭,配上

咸菜,顾德尚吃了两大碗,实在不好意思再吃第三碗了。吃完
早饭,顾德尚在屋子里转了起来,不敢开门出去,怕被人看见
了。老抓头说:"杀马不?"顾德尚说:"好,杀。"老抓头拿出棋
子,还是顾德尚多年前买的牛角象棋。也是在床边那两条合
起来的四尺凳上,两人摆开阵势杀了起来。

顾德尚的心里乱糟糟的。老抓头从乱糟糟的棋步上,看
出了顾德尚的心思,说:"你这样可不行,下棋不能胡思乱想,
得把心放在棋盘上。"顾德尚也想忘掉那些乱糟糟的事情,就
跟着老抓头一直下。早上下,下午下,晚上还接着下。除了吃
喝拉撒,两人整整下了一天的棋。

棋下多了,脑子也就麻木了。又一觉醒来后,顾德尚忽然
发现,自己的内心竟不再那么烦躁了。慢慢地,还有了赢一盘
的念想。跟老抓头下了那么多盘棋,也不知道老抓头到底是
什么水平,就问上次在温州那老头水平怎么样。老抓头想了
想,说:"我在边上看过他两盘,他的棋杀心太重,不过我不会
输给他的。"老抓头这么说,顾德尚也就明白了,知道自己要赢
老抓头一盘棋是很难的。

接下来的日子里,顾德尚还是继续跟老抓头下棋,只有下
棋,才能让顾德尚的心情平复下来。不知是什么时候,顾德尚
忽然听到外面有鞭炮的声音传来,这一下那一下,不像是平时

办红白喜事放的。顾德尚晃了晃脑袋,问了老抓头才确认已是大年三十了。往年这个时候,顾德尚早已忙得陀螺转了,要处理各种关系,打点各方人物,过年可是关键节点。但现在,这些就像梦一样,显得那么不真实。

记得天刚亮,四面屋的三奶奶就给老抓头送来了几条年糕,老抓头开门客气了一番,随手泡在门边水缸里。下午,老抓头说去边上菜园拔点青菜回来炒年糕,进门时,手里还多了一刀肉。顾德尚说:"看来黄昏是要把排场搞起来了?"老抓头说:"今年是两个人过年,当然要有排场些了。"顾德尚想起自己的孩子和老婆也在问溪村,过年却不能见面,不免有些心酸。但听到老抓头这么说,心里顿时又暖和了起来。

两人暂时离开棋盘,忙碌了起来。老抓头拿出压箱底的干货,竟整出了五六个菜,又拿出一瓶不知什么时候买的江西特曲,把四尺凳上的棋子收拾一番,两人就摆在上面吃了起来。

坐在床沿上,两人咪着小酒,听着外面的鞭炮声不断响起。在问溪村,大部分人家在大年三十黄昏时,饭菜会先摆上一摆,祭祀一下先人,再烧些纸钱,放两挂鞭炮,再把菜撤下热一热,然后才一家子聚着吃个年夜饭。顾德尚也问过老抓头,要不要摆一下。老抓头呵呵一笑,说:"弗看我现在这样子,我的祖宗可都是些讲究人,他们别说是来吃饭,就是在门口站一下,都要给熏跑了。"鞭炮声轻了下来,小酒也吃得差不多了,老抓头不自觉地用手指敲了敲凳子,顾德尚心领神会,说:"杀一盘?"说着动手收拾了起来。

就在这个时候,灯忽然暗了下来。停电了? 顾德尚透过窗格往外看了看,四面屋那里还有灯光亮起,就知道是灯坏了。站在那儿,一时竟不知道怎么办是好。"你会下盲棋吗?"老抓头的声音响起。"那试试看吧。"顾德尚想了想说。

"炮二平五。"顾德尚念出了第一步。"马三进四。"老抓头接着念道。"马三进四。"顾德尚眯起眼睛,黑暗中一张棋盘浮上脑海,随着两人棋步念出,棋局也在不断变化着。一开始,这脑海中的棋盘还有闪晃,顾德尚小心翼翼,生怕会出现差错,但渐渐地,仿佛有一盏灯亮起,棋盘愈发清晰起来,连自己的思路也似乎跟着清晰起来了。

下到第三盘时,竟然和了一盘,第四盘时,又和了一盘。连续两盘和棋,是以前从未有过的。老抓头也不禁说道:"哎,你下盲棋的水平比你平时下得要好啊。"顾德尚问:"是真的吗?"老抓头说:"真的假不了。"顾德尚想了想,说:"那可能是闭上眼睛能让人更专心吧。"

又下了两盘,顾德尚似乎嗅到了一丝胜利的气味,却总在关键时刻差了一步,输给了老抓头。一股气上来,顾德尚觉得棋盘也摇晃起来,知道不能再逞强了。也就在这个时候,鞭炮声又响了起来。在问溪村,这就是所谓的"关门炮"。放了鞭炮,关门吃了隔岁饭,这一年就过去了。

两人没有再说话,鞭炮声过后,顾德尚就听到了床那头的呼噜声,打了个呵欠,也迷糊了过去。

顾德尚赢下老抓头一盘棋的时候,是在正月初五的下午。那五日,顾德尚一直缠着老抓头下棋,如果说年前顾德尚跟老抓头下棋主要是为麻木自己,那年后,要赢老抓头一盘棋的想法就不断滋长起来了。两人的棋也越下越慢,下完一盘,两人还会复盘一下。初一初二,半天还能下两三盘棋,到了初三初四,有时半天就只下了一盘棋。

顾德尚到现在都还能记得赢的那盘棋的棋谱,开局也是常见的中炮对屏风马,中盘风云突起,面对老抓头车马联合逼宫,顾德尚思考良久,大胆选择了进车对杀。当己方老将被赶上三楼时,顾德尚一招平炮垫马,以杀还杀,争取到了宝贵的先手,老抓头只能选择对子简化。一番交换后,进入了马炮双兵单缺士对马炮士象全的残局,优势局面下,顾德尚步步为营,终于以一炮换双士、双兵逼宫取得最后的胜利。

置之死地而后生。赢棋后,顾德尚不敢相信这是真的,沉默了良久才问:"阿公,你有没有让我啊?"

老抓头说:"让人不让棋,我是不会让你的。"又接着说道:"赢了这盘棋,你也可以走了。"

　　顾德尚从兴奋中缓过神,说:"你要赶我走?"

　　老抓头说:"你总不能一直在这里待下去吧。"

　　顾德尚仿佛明白了什么,站了起来,说:"好,那我现在就走。"

　　老抓头说:"吃了晚饭再走吧。"

　　顾德尚想了想,说:"好。"

　　晚饭其实就是方便面。那瓶江西特曲还剩三分之一,顾德尚拿起瓶子摇了摇,说:"这点酒,我们俩就把它平分了吧。"

　　每人两包方便面泡好吃完,酒也喝得差不多了,老抓头摇晃着站了起来,拍了拍顾德尚的肩膀,说:"有的人说我是被下棋害的,其实啊,我能活这么长久,全靠下棋撑着。我这一辈子,一开始就输了,输了还没机会重新下。你不一样,输了还可以下,只要可以下,就有赢的机会。"

　　顾德尚若有所悟,想安慰一下老抓头,却又不知道说什么好。顿了片刻,还是老抓头说道:"天色不早了,你走吧。"

　　顾德尚端起碗来,说:"阿公,这酒我敬你了,感谢的话我就不说了,等我下次回来再来找你下棋。"

　　把碗底的酒一口喝完,顾德尚抹了抹眼睛,掉头就走。而这一走,顾德尚就走到了广州。起先是在建筑工地上做粗工,后来跟几个工友一起搞装修,做了小包工头,再后来又开了公司,折腾了三四年,终于还清了以前的债务。其间,也遇到各种困难、麻烦,被欠款,遭欺诈,与合伙人起纷争,遇业主无理要求……每到觉得自己快扛不住了,顾德尚就不由得想起自己赢了老抓头的那盘棋。

顾德尚是之后才得知老抓头过世的消息的。老抓头是被大火烧死的,说是大冬天在家,一个人睡觉时不小心把烘暖的火笼倒出来了,烧着了棉被,火势蔓延开来,再加上边上牛栏楼里又堆了很多柴火,火烧得很旺,一把年纪再加上腿脚不方便没能逃出来,整个人都被烧没了,连骨头也没有留下来。还说老抓头本命属木,怕火,以前就因为抽烟烧了村里的山林,被罚剁了一根指头,才保住了一条命。

那日,顾德尚站在老抓头原先房子的地方,无数茅草从破碎的瓦砾中钻出,一副蓬勃的模样。顾德尚觉得鼻子一酸,便抬头看向了天空,西天处,火烧云熊熊燃烧,顾德尚嗅了嗅,仿佛闻到了股烧焦的味道。眯起眼睛,一片昏暗中,闪着白光的棋盘缓缓浮出……

"炮二平五、马二进三、马八进七……"顾德尚念念有词。棋局开始了!瞬间,顾德尚感觉整个人完全放下了,似一团空气,空无一人。

听庆田姆唱曲

一

这段时间以来，马晓慧觉得心里堵得慌，便想着回娘家问溪村住上几天，收拾了一拉杆箱衣物，就一个人到汽车南站坐快客回去了。

马晓慧已经在温州待了二十多年了，与老公徐敬业一起打拼，在温州龙湾那边买了房子，虽说是产证不全的农村自建房，但反正也没想着卖出去，有个属于自己的家，一家子过得也还算踏实。

徐敬业在酒店里做厨师。马晓慧属于能吃苦会持家的女人，除了家务，还在家里摆了个裁缝的铺子，帮附近街坊邻居及工厂工人做衣服。随着去商店里购买成衣的人越来越多，生意寡淡了后,她就接些缝裤脚、钉纽扣、熨烫衣服的零碎活,细水长流,也有一笔可观的收入。

马晓慧有一儿一女,上学期间成绩都一般。马晓慧倒也不是很操心,本着"儿孙自有儿孙福"的想法,转眼间,儿子徐友福已到了可以让自己抱孙子的年龄。徐友福先是在厂里打工,后来又跟父亲的朋友学厨师,人倒是忠厚老实的,就是不见交女朋友。被催促急了,他也会发脾气,把自己关进房间里,玩手机不出去吃饭。女儿徐莉莉职高毕业后,进了一家美容店学做美容,新交了个男朋友。小伙子样貌倒是不错,却把头发挑染成墨绿色,还戴着耳环,一看就知道不是能踏实过日子的人。带回家时,小伙子话不多,倒也还算有礼貌,问起,说是四川绵阳那边的,马晓慧心就咯噔了一下,知道遇上麻烦了。

马晓慧的母亲叶丽萍也是四川人,被人带到问溪村后,嫁给父亲马万顷。马万顷是个勤快人,虽说长得黑、有点显老,对老婆却百依百顺,家里也吃用不愁。叶丽萍生了孩子后,也就收了想法,一门心思扑在家庭里了。马晓慧是长女,后面还有两个弟弟。在她八九岁的时候,母亲曾带她回过四川外婆家,是娘家给叶丽萍发的电报,说"母亲病危,速回"。马万顷也是纠结了好久,才同意叶丽萍回去,让马晓慧也跟着,授意无论如何要带着妈妈回来。马晓慧懵懵懂懂地应承着。当她们赶到外婆家时,外婆已经去世入土了,连最后一面也没见着。而让马晓慧记在心头的:一是路途遥远太难走了,从问溪村乘拖拉机出发,到镇里坐客车到县城,再转车到温州,再到金华坐火车,到成都后又转好几次客车、拖拉机,最后走了半天山路,脚都起泡了,才到了外婆家;二是妈妈在外婆坟前号啕大哭的样子,妈妈哭昏过去了,吓得马晓慧也大哭起来,妈妈醒来后,抱着马晓慧又大哭起来。

女人啊,可千万不能远嫁。这个念头,马晓慧在生了徐莉莉后,就愈发强烈了。马晓慧平日里有意无意地也没少灌输,没想到怕什么就偏要来什么,开始也只是敲边鼓似的,说,年轻人谈恋爱,讲相貌,讲感觉,也是正常的,不过要考虑现实,以后结婚过日子,是很现实的,人品啊,家庭啊,才是最重要的。徐莉莉说,晓得晓得。马晓慧知道女儿有嫌她唠叨的意思,但还是忍不住说道,你看你外婆,嫁太远了,一辈子也没回去几趟啊。徐莉莉提高了音调,说,妈,我晓得啰。

听女儿这样说,马晓慧没再说什么。让马晓慧上火的是,没过多久,女儿竟跟她说今年要去男方那边过年,看看人家啥样。马晓慧说,你婚都未订,就去男方那里过年,人家怎么看你啊?徐莉莉说,现在不都这样吗,你怎么还这么老封建啊?马晓慧顿时急了,说,别人家女儿这样我不管,我家女儿这样我就要管。徐莉莉说，现在法律规定婚姻自由，你管不着。马晓慧说，我就要管怎么了？徐莉莉说，那你管啊。说完就摔门而去。

是啊，怎么管呢？马晓慧稍微冷静下来，就觉得这是一个大难题。跟徐敬业商量，他是老实人一个，更是说不出个所以然，两人还相互抱怨了一通，都说对方把孩子宠坏了。离过年就一两个月时间了，马晓慧坐立不安，思来想去也只有回娘家再商量商量了。

马万顷家就在村口的位置，马晓慧喊了下车，沿路边往上走一截斜坡，就到家门口了。喊了声妈，叶丽萍就从屋里小跑了出来，嘴里念着，哎呀呀，怎么不早些打个电话来啊？马晓慧说，打了好几个了，你都没接呢。叶丽萍说，哦，刚才在烧火，没听着。马晓慧把拉杆箱拉进门，往墙边一靠，说，爸呢？叶丽萍说，你爸烧灰去了。

后半间飘来的霉干菜炒肉的气味钻进马晓慧的鼻孔，她忍不住打了个喷嚏。叶丽萍说，你晓得否，晓娟回来了。马晓慧觉得心里好似被啥东西戳了一下，有点难以置信，说，晓娟回来了？叶丽萍说，昨天夜里迟些回来的，我也是天亮才晓得的。

马晓娟是马晓慧的堂妹，比马晓慧就小三个月，老公是福建人，当时家里不同意他们来往，闹得很僵，马晓娟相当于是逃过去的,马晓娟的父亲马百顷更是在村里声明,从此跟她断绝父女关系,不认这个女儿了。没想到马晓娟会在这个时候回来。

锅灶间,叶丽萍炒菜,马晓慧烧火。煤气炉也是有的,但叶丽萍觉得还是老锅灶用着习惯。两人正感叹着马晓娟的事,就听到外面响起了马万顷的大嗓门。马晓慧连忙起身迎了出去,她也有大半年没见着自己的父亲了。

马万顷戴着斗笠,挑着一担空簸箕,挂着锄头走进门来,后面还跟着个八九岁男孩身高的人,他穿着青色旧棉袄,脸圆圆的,眼眯眯的,仔细看,眼角皱纹深刻,是个上了年纪的,分明就是庆田姆了。

见着庆田姆,马晓慧便不由自主地欢乐了起来。每次回娘家都是来去匆匆的,算起来,她也有两三年时间没见着庆田姆了。跟父亲打了番招呼,马晓慧就垂下眼问庆田姆:"庆田姆,你还认得我不?"

庆田姆抬起眼,咧嘴一笑,说:"认着些,认着些,你是晓慧姐姐。"

听到庆田姆叫自己晓慧姐姐,马晓慧不由得呵呵笑了起来。那是从心底发出来的,马晓慧已好久没这么笑过了。

二

事实上,庆田姆的年纪比马晓慧还要大上许多,至于大多少,估计没有人知道,反正马晓慧还是小孩子的时候,庆田姆就差不多是这样子了。

也没人知道他名字是啥,他自己说来自庆田(隔壁县有庆田乡),姆在问溪村是男孩的意思,叫男孩子都是姆啊姆的,于是庆田姆的称呼就这么传开了。庆田姆是个智力障碍者,据说给人还过"人头愿"——大概就是那种在桌上开个洞,把头伸出来当贡品。庆田姆受了影响,智商大概停留在普通人四五岁的水平,手却不笨,帮着干活,至少能顶半个劳力,只要给口饭吃就好。村里不少人忙不过来时,就会把庆田姆叫去帮忙。没活时,庆田姆端个饭碗出来转悠一下,也会有人给口饭吃。至于睡觉的地方,大多是牛栏楼,能铺个被窝就行了。

在马晓慧的少时记忆里,庆田姆给她印象最深的,倒不是干活,而是唱曲。也不知庆田姆是从哪里学的,什么时候学的,马晓慧小的时候,就经常听到他唱曲。有时是大人逗着他唱的,有时是小孩哄着他唱的,也有时,他自个儿就唱了起来。

"庆田姆,唱一个呗。"

"那,那有啥奖励没?"

"奖你五爪栗好不好?"

"不要不要,五爪栗打人痛嘎。"

"那你要什么奖励?"

"唱好给我鼓鼓掌,好不?"

"好好好,唱《送元宝》。"

"《送元宝》我不会,唱个《天仙配》吧。"

在一阵阵哄笑声中,庆田姆直了直腰身,清了清嗓子,捏了兰花指,面容一整,就开腔唱了起来:

"树上的鸟儿成双对,绿水青山带笑颜。随手摘下花一朵,我与娘子戴发间。从今不再受那奴役苦,夫妻双双把家还……"

可以说,庆田姆最早进入马晓慧印象的,就是这样的情景。马晓慧觉得庆田姆唱得真好听,就用力地拍手,她得多给庆田姆一些鼓励,那样,庆田姆就会唱得更久些。

马晓慧也说不清自己为何这般喜欢听曲,特别是庆田姆唱的,感觉比上间屋的落牙仙唱的还要好听。落牙仙年轻时在戏班待过,听说还演过小生,后来门牙落了两颗,村里传是跟人争相好打的,他自己说是唱戏时不小心掉下戏台摔的,但不管怎么说,他都只能回家种田了。落牙仙还会拉二胡,他唱曲都是边拉边唱的。落牙仙一唱起曲,住在下间屋的马晓慧就会竖起耳朵，即便是与伙伴在玩耍，也会停下来怔在那儿。有时，马晓慧还会跑到上间屋去听。看到有小孩儿围过来，落牙仙就会拉唱得更加起劲。什么《天仙配》啊，《碧玉簪》啊，《红楼梦》啊，《孟丽君》啊，《白蛇传》啊，还有什么《高机与吴三春》啊，《十五贯》啊，《红灯记》啊，都会来上一段。有时，还会停下来给孩子们讲讲这曲里的故事。

对于庆田姆唱的曲，有时落牙仙远远听到了，就会摇摇头，说，可惜了可惜了。马晓慧也有见过几次，多是落牙仙拉唱的时候，有人哄着庆田姆也唱了起来，大概落牙仙也听到了，他便会停下来，一动不动地坐在那儿。有孩子会向着庆田姆的声音跑过去，但马晓慧不会跑，她的耳朵真会竖起来，眼皮微微抖动着，仿佛有一只鸟儿从心里飞出，随着曲调起落蹦跶到全身。而对于落牙仙嘴里说的可惜了，马晓慧不是很明白，直到有一天站在她身边的马晓娟问道："可惜什么啊？"

"可惜了一副好嗓子啊。"落牙仙长叹了一口气，接着又说道，"情绪饱满，拿捏到位，这腔调啊，就是祖师爷赏饭吃，比一般戏班的角儿还要好呢，可惜是个呆儿啊。"马晓娟问："那比你怎么样？"落牙仙愣了下，干咳了两声，说："要是在以前，我，我也不会比他差。"

落牙仙从不要求庆田姆在他面前唱曲。不过，落牙仙临终时曾交代儿子马世好,让庆田姆在他灵前唱一曲。马世好是从叔伯兄弟处过继给落牙仙的,按村里的说法,就是给落牙仙那一支留个后脉。丧礼上,马世好考虑到让个呆儿唱曲,不是很合体统,就让庆田姆跪在灵前哭几句,没想到庆田姆任你怎么说就是哭不出来,情急之下,马世好在庆田姆的头顶狠狠敲了个五爪栗,才听到庆田姆哇的一声哭了出来。

落牙仙去世的时候,马晓慧也还小,这里面的故事也是后来听大人说起才晓得的。不过落牙仙对庆田姆唱曲的评价,以及庆田姆得到戏班班主的肯定,是马晓慧亲耳听到、亲眼看到的。

那时,问溪村每年正月都会在祠堂里做几天大戏,说是做给老祖宗看的,保佑村里太平、顺风顺水,当然,也给大家开开眼、解解馋。村里还没电视机的时候,看大戏可以说是村里最大的娱乐项目。而做大戏的所需花费,是每户人家凑起来的,有钱的出钱,有米的出米。戏班吃一般是安排在一起的,住就分开了。也不晓得是哪一年,马晓慧家也被安排了一个人,还是戏班的班主。第二天天光还早,马晓慧就听到班主问她父亲,老师伯,昨天晚上在旁边间唱曲的是什么人,你晓得不?马万顷说,唱曲的,那应该是你们戏班的吧?班主说,戏班唱的,我都听得出来,不可能的。这时候,站在一边的马晓慧说道,我知道,是庆田姆唱的。班主眼里放出了光,蹲下来对着马晓慧说道,囡,你能不能带我去找他看看?

马晓慧当然乐意,屁颠屁颠地带着班主找到了庆田姆。当马晓慧把坐在敞间板凳上吃早饭的庆田姆指给班主时,班主愣了一下,说,啊,你说昨晚唱曲的就是他?马晓慧点了点头,又对庆田姆说,庆田姆,能不能给我们唱一曲?庆田姆咽了口饭下去,说,等我吃个饭先,好不好?马晓慧说,好吧,你吃紧咧。

庆田姆三两口就把饭扒完了,打了个饱嗝,把碗筷放下,站了起来,看了看班主,大概是有点怕生,说,我能不能转过去唱?马晓慧看了看班主,班主说,好。

庆田姆就转了过去,对着板壁上的毛主席语录唱了起来,唱的照例是最拿手的《天仙配》:

"树上的鸟儿成双对,绿水青山带笑颜。随手摘下花一朵,我与娘子戴发间。从今不再受那奴役苦,夫妻双双把家还……"

班主眯起眼睛,脑袋随着曲调悠悠晃动着,等庆田姆一曲唱完,才慢慢地停了下来。庆田姆转过身问,我唱得好不好啊?班主笑眯眯地说,好。又接着说,你还会唱其他的吗?庆田姆退了一步,说,你是干啥的?班主说,我是戏班的班主,专门来听你唱曲的。庆田姆说,那我唱个《红楼梦》吧。

庆田姆侧了侧身子,唱了起来:

"天上掉下个林妹妹,似一朵青云刚出岫。"接着音调变细,转为女声:"只道他腹内草莽人轻浮,却原来骨骼清奇非俗流。"又转为男声:"娴静犹如花照水,行动好比风拂柳……"

这曲是庆田姆的压轴好戏,平时都是在围观者把气氛烘托到高潮时才使将出来的。班主眼睛慢慢瞪大起来,露出难以置信的表情,一曲听完,又站了许久,长长叹了一口气,说,可惜了,老天爷赏了一副好嗓子,却把其他家伙都给收走了。说完,掉头就走了。

最终,班主还是把庆田姆给带走了。村里人说,班主看中了庆田姆的唱腔,想让他演个小丑,庆田姆也总算有个着落了。后来又听说,有人看见庆田姆在平阳那边上台演戏了。但半年多后,庆田姆又回到了问溪村,问起,按庆田姆的说法,是戏班没自由,一不听讲就会吃五爪栗。

从戏班回来后,庆田姆就好似唱得少了,一般人逗他也就不会那么主动开口了。不过对于马晓慧,还是好讲的,没啥人的时候,有时马晓慧会把糖分给庆田姆一粒,庆田姆也不急着剥开吃,放在鼻子前嗅嗅,又揣进兜里,也不用马晓慧讲,就会给马晓慧唱上一段。还听不过瘾,马晓慧就会再给一粒糖,庆田姆就会接着再来一段。

就是现在想起来,马晓慧也还弄不明白,那时候怎么就迷上了听庆田姆唱曲。糖大多是村里人讨亲嫁囡时分过来的,小孩去凑热闹,热情的主人家就会抓一把给塞到兜里。马晓慧总是舍不得把糖吃了,也会剥一粒尝尝味道,但大多数会存起来分给庆田姆。马晓慧觉得,听庆田姆唱曲,滋味比糖还要甜。

当然,除了听,马晓慧也爱唱。不过不像庆田姆那样,当着人唱,而是躲在楼道里,偷偷地唱。当然,也不是就一个人唱,大多时候,是跟马晓娟、马晓玲几个堂姐妹一起唱,还分着扮演角色……

也就在马晓慧被庆田姆勾起往事思绪飘忽之际,突然,一个似熟悉又陌生的声音在门口响起。

三

"叔啊,吃过了没?"

一个穿着毛衣领绿色风雪衣的中年女人从门口迈了进来,脸上抹着粉,嘴唇通红,手里还提着给老年人吃的补品礼盒。

"你是?"马万顷正把农具放好,一回头没认出来。

"我是晓娟啊。"女人说道。

"晓娟,你回来了?"

"嗯嗯,昨天夜里到的。"

"晓娟。"马晓慧迎了过去。难怪觉得这声音这么熟悉,又像是陌生似的,都已经二十多年没见过面了。

"你是晓慧吧?"女人凑了过来,两人手拉在一起,好一阵寒暄。

终于注意到了蹲在屋子角落的庆田姆,马晓娟垂下眼来,笑着问道,庆田姆,你还认得我不? 庆田姆看着马晓娟,摇了摇头,说,认不得,认不得。马晓慧也笑了起来,说,你连晓娟姐姐也不认识了,她还是你请的媒人呢。

庆田姆的脸涨得黑红黑红的,接着就跪了下去,冲着马晓娟磕了个响头,说,晓娟姐姐,我的羊哈哈死了,我对不起你。

马晓慧意识到自己说错了话,但已经来不及了,庆田姆呜呜地哭了起来,她没想到,隔了这么多年,看起来没心没肺的庆田姆,竟还想着那件事。

这还得从她们小时候说起,应该是在读一二年级时吧,班级开展学雷锋活动,比谁做的好事多。恰好有个同学拾到十块钱,交给了班主任语文老师,语文老师就在课堂上把这个同学大大表扬了一番,说她是小雷锋,让大家都向她学习。这个同学叫马珍珍,住在下间屋,跟马晓慧、马晓娟,还有马晓玲她们三个堂姐妹,都不对付,常常拌嘴。语文老师表扬马珍珍,她们三个自然是不服气的,正好那天是星期日,她们三个躲在楼道里学做戏唱曲,其间不知怎么又说起马珍珍。马晓娟说,要做一件大好事,超过马珍珍。马晓玲说,我们又拾不到十块钱,怎么超啊?马晓慧接着说,是啊,我们总不能去偷吧?马晓娟说,我爸常常说,三个臭皮匠,顶个诸葛亮,我们三个人一起想,一定会想出办法的。

三人也没心思学做戏唱曲了,但十块钱在那时算是大钱了,特别是对于小孩子,比拾到十块钱还大的好事,她们以前想都没想过。就在她们靠在窗前叽叽喳喳时,庆田姆赶着一头羊,唱着曲,从屋门前的路上经过。

"树上的鸟儿成双对,绿水青山带笑颜。随手摘下花一朵,我与娘子戴发间。从今不再受那奴役苦,夫妻双双把家还……"

曲儿飘进楼中间,马晓慧听得出神,忽然身边的马晓娟喊了一声,有了。马晓玲说,有什么了?马晓娟说,有办法了。马晓慧的思绪也被拉了回来。马晓玲说,快说快说,有什么办法?马晓娟说,我要帮庆田姆的羊哈哈做媒,我妈说,做成一桩亲,抵修十座桥。要是帮庆田姆的羊哈哈做媒成功,十座桥总比十块钱大吧。马晓玲说,羊又不是人,做啥媒啊?马晓娟说,你不会没听说吧,庆田姆要给他养的羊讨老婆啊。

马晓慧也明白了过来。自从村里有人给了庆田姆一头羊,庆田姆就把它当宝似的,叫它羊哈哈,天天都赶着羊去溪边、山上吃草,羊愈长愈大,因为是头公羊,有人就打趣道,庆田姆,你对羊哈哈这么好,是不是养起来当你姆啊?庆田姆呵呵笑,点了点头。对方说,那你要帮它讨亲啊。庆田姆说,哦,那你帮我的羊哈哈做媒好不好?对方说,好啊,不过看见媒人是要跪下去拜的。庆田姆听了跪下去就拜,等他抬起头,在一片哄笑声中,那人早就溜走不见了。

"那万一语文老师不承认呢?"马晓慧心里觉得这是一件大好事,但还是有点担忧。马晓娟说,你放心,庆田姆的羊哈哈就是语文老师的爸爸送的,语文老师怎么会不承认啊。而且语文老师也说过,不能看不起庆田姆,把他当呆人看。马晓玲说,对对对,如果羊哈哈也算人的话,语文老师跟它就是一家人啦。马晓慧无法反驳,又想到了妈妈说的一句话,送佛送到殿,帮人帮到底。她便提出,不仅要帮忙做媒,还应该帮忙成亲。

"好,要做就做大的。"马晓娟说道。那天,她们没有再做戏唱曲,而是开始了帮庆田姆的羊哈哈做媒成亲的一系列的计划。

首先,她们得找一头小母羊。这个事情并不难办,因为马晓娟家就有养羊,而且还有比羊哈哈还小的母羊。到时候偷偷牵过去,等婚礼完成了再牵回来就好了。于是,她们找到了庆田姆,以姐姐自居,提出要帮他的羊哈哈做媒。庆田姆被戏耍了几次后,还有点不相信,说,你们不会骗我吧?马晓娟说,不骗你,骗你就是小狗。庆田姆说,那我要不要跪下来拜媒人啊?马晓娟说,不要不要,你听我们安排就可以了。

做媒算是成了,接下来成亲就比较麻烦了,按照计划,订婚就省了,不过结婚要挑日子,扮新郎间、送新娘、入洞房、喝喜酒等,这些重要的环节是不能省的,否则就变成小孩子过家家,不正式了。而为了让这次成亲能够正式起来,由马晓娟当头儿,三人进行了分工。

马晓娟嘴比较会说,联系人的事情就由她负责。马晓慧手比较巧,扮新郎间这些事就交给她负责了。马晓玲家里条件相对好些,需要用到的东西主要由她负责。成亲就要先挑日子,马晓玲妈妈有本老皇历,放在抽屉里,三人溜进房间,拿出来偷偷翻看,发现除了日期,好多字都不认识。还是马晓玲说她认识结婚的"婚"字,她妈妈教过她,只要在日期下面找到那个"婚"字就可以了。自然也不管是宜还是忌,找到了好多"婚"字,挑了个日期最近的星期日,算是把日子定下来了。

至于送日子,碰着庆田姆交代一下就可以了。而扮新郎间,则比较麻烦了。庆田姆睡的地方是一牛栏屋,那头羊也睡在他边上，里面是稻秆堆与破棉被之类的，脏兮兮的，还发出阵阵难闻的羊骚臭。马晓慧捏着鼻子往里面溜了一眼，就被吓着了，说这样的新郎间实在是扮不出来。马晓娟脑子快，说，新郎间可以换个地方。马晓慧想起最近她爸正忙着把石头垟那个瓦窑洞整出来当灰铺，拉着两人去看了看，觉得比牛栏屋干净多了，就决定把新郎间选在这里，等婚礼后再叫庆田姆带羊哈哈搬回去就是了。

新郎间是必须要贴红双喜的，甭说是剪，这红纸去哪里找都不知道。马晓玲说，她家里也没见着有红纸。又是马晓娟出了主意，说对面山学堂边有户人家刚结婚没几天，贴在门窗上的红双喜肯定还在，去撕两张过来就可以了。当然得偷偷去撕，她们先去踩点，发现玻璃窗上确实贴着红双喜。放学后，三人从学堂后门绕了过去，由马晓慧动手去撕，其他两人在屋前后放风。瞧着没人，马晓慧抖着手准备去撕，却发现这红双喜竟是贴在窗里面的。

行动只能以失败告终。就在三人垂头丧气回去，路过一路巷的墙角时，马晓娟忽然站住了，说："你们看到什么没？"马晓慧被吓了一跳，以为遇到蛇鼠之类的，马晓玲却已经喊了出来："胭脂！"

胭脂是一种植物的别名，通常生在墙头角落，长有一种果子,果子用石头捶开后就会流出紫红色的水来,将其涂在指甲上,便像是涂了红色的指甲油一样。女孩子常会去采来玩。墙角那一簇,确实就是胭脂。马晓慧愣了愣,也终于想明白了,如果把胭脂捶出来的水涂在白纸上,晒干后,白纸就成红纸了。

从画画本上撕下两张白纸,用胭脂做成红纸,马晓慧回想着以前从大人那里看来的剪法,一阵琢磨后,就剪出了一对双喜,用饭粒贴在瓦窑洞里。至于结婚拜堂时必须用到的红蜡烛,三人各自在家里翻找了,只有白蜡烛,就想着用涂胭脂的方法把红蜡烛涂出来,却发现蜡烛上根本沾不了胭脂。

又是马晓娟想到了办法。马晓娟说,我跟班里好多同学都说过了,他们都愿意来参加羊哈哈的婚礼,我想让他们提前把贺礼交上来,人多力量大,这样我们就可以把缺的东西给凑起来了。说到做到,离婚礼还有一天时间,马晓娟通知大家当天下午在瓦窑洞集合,班里同学来了一大半,七嘴八舌地把婚礼需要的东西都分工落实下去了。

马世强家是开店的,马世强说红蜡烛他可以想办法拿两根过来,但不能拿多,怕被大人发现。马晓娟说,两根就两根,两根也够了。马兰花说她有一盒彩带,是她姐结婚时剩下来的,可以拿到新郎间挂一挂,不过挂好了要拿回去。马晓娟说,放心吧,等羊哈哈拜完堂就可以拿走了。马大尚说他爸是打铳的,他可以把铳拿过来。马晓娟说,那声音播天响的,吓都吓死了,还是不要了。瓦窑洞里哄笑了起来。马晓娟接着说,要是有火炮,拿几个过来还差不多。马大尚说,好,那我回去找找看。有声音说,找不着就把你鸡鸡当火炮点了。瓦窑洞里又是一阵哄笑……

大家都说好了,有东西的出东西,没东西的就出力。第二天一大早,大家就活动开了。按照马晓娟的安排,先让庆田姆把羊哈哈牵到窑洞里等着,马晓娟当媒人,马晓慧则特意给选中的小母羊梳了羊毛,往羊脖子上套了个用绿毛藤编起来的花圈,打扮停当,从羊栏里赶出,尽量顺着没啥人走的小路往瓦窑洞走去。

快到瓦窑洞了,有人喊了起来,说新娘子到了。马晓玲等几个接姑马上让庆田姆牵着羊哈哈走出瓦窑洞,准备迎接新娘子,几个男孩子还放起火炮。羊受到了惊吓,马晓慧没抓着绳子,就见羊蹿下了路坎,往溪边跑去了。

"快追。"马晓娟半晌才反应过来,大家一阵好追,最终总算把羊给拉住了,慢慢地牵了回来。

终于到了拜堂仪式。由马晓娟主持,马晓娟说,一拜天地。庆田姆牵着羊哈哈,跪了下来,冲着门拜了一拜。瓦窑洞前一阵哄笑。有人喊,庆田姆,是你的羊哈哈结婚,你拜什么啊?庆田姆说,我就是拜拜,替羊哈哈拜拜。大家又是一阵哄笑。马晓娟说,二拜高堂。庆田姆也不知高堂是谁,就冲着马晓娟跪下来拜了一拜,哄笑声更大了。马晓娟涨红了脸,说,夫妻对拜。庆田姆又冲着两头羊跪下拜了拜。哄笑声久久不绝。

"新郎新娘,送入洞房。"马晓娟提高音调喊了一嗓子。把两头羊牵进了瓦窑洞,马晓慧还给点上了一对红蜡烛。马晓玲交代庆田姆,要让两头羊在里面睡上一觉才能出来。庆田姆说,那我睡在哪里?马晓玲说,你睡在外面啊。庆田姆说,我睡在外面的话,羊哈哈生气了怎么办?马晓玲想了想,说,那你就在里面陪着吧。

马晓慧与马晓玲从瓦窑洞出来后,几个男孩子把边上的破门板抬了起来,挡在洞口上。接下来,就是喝结婚酒了。酒是真的酒,家酿的红酒,是马晓娟从她爸酒缸里偷出来的,装满了两个空酒瓶。酒杯是马丽琴、刘尚方从家里拿过来的。马晓娟倒了一杯,学大人的样子端起来说,来,我敬大家一杯。又说,不对啊,今天应该是新郎新娘敬酒吧。马晓玲说,好啊,那你们去喝新郎新娘的羊尿吧。哄笑声中,大家都先后举起了酒杯。有扭捏说不喝的,也被哄笑着,皱着眉头呛咳着喝了进去。

两瓶红酒很快就分完了。马晓慧把所有的糖都拿出来分了。糖啜啜,红酒喝喝,糖还没有啜完,红酒就没了,马晓娟觉得不过瘾,就问道,酒喝完了,谁还有酒没?就听到刘尚方说,早上我拿酒杯的时候,看见间橱里有瓶白酒,你们先在这等下,我去拿过来。

白酒是五十二度的江西特曲,劲大,这一喝就喝出问题了。马晓慧觉得火辣辣的,就像一团火灌进了喉咙,直往肚子里钻去,捂着嘴巴咳了好久才缓了下来,又试着啜了一口,又一口,慢慢地,马晓慧就感觉迷糊起来,隐隐约约中,好像听到马晓娟在喊,庆田姆,唱一个。接着更多声音响起,庆田姆,唱一个。然后,就听到庆田姆唱了起来:树上的鸟儿成双对,绿水青山带笑颜……

那声音从瓦窑洞里飘了出来,飘进了马晓慧的耳朵里,马晓慧就觉得自己整个身体也飘了起来。那是从未有过的感觉。

马晓慧醒过来的时候,天已经黑了。转了转身子,发觉自己已躺在床上,不由得喊了一声妈。叶丽萍拿着一盏煤油灯走进房间,马晓慧才晓得,自己在瓦窑洞边上的草蓬窝里睡着了,是她爸爸把她背回家的。那天晚上,差不多整个村子都出动了,才把那些醉酒的孩子逐一找回来。

第二天早上上学的时候,马晓娟还得意地说,自己是走回去睡觉的。但第一节语文课时,大家就被语文老师严肃批评了。语文老师没有提大家帮庆田姆讨亲的好事,只是说喝酒的危害,说小孩子喝酒会影响发育长不高,会影响大脑让人变傻,读书就更读不来了。还点了马晓娟的名,说女孩子要好好读书,不能像"花被抖"一样抖来抖去。为了让他们长记性,语文老师罚全班抄生字五十遍,没去的同学也要抄,马晓娟被罚得最重,抄一百遍。

自此后,马晓娟就得了个"花被抖"的绰号。也是从这件事后,马晓慧便自觉地跟庆田姆疏远了,有时很想听曲了,也会把念头打消,或许是长大懂事了,晓得不好意思了。

大概三四个月后,竟听说庆田姆的羊哈哈吃了打了药水的蚕豆叶,死了。连续好几天,马晓慧都能不时听到牛栏屋里传来庆田姆哭骂的声音,直到他骂得声音沙哑才听不到了。

庆田姆的嗓子一直没有恢复,此后,说话都是沙哑的。自然,也很少听见庆田姆唱曲了。

四

说巧不巧,马晓玲也在那天下午回了娘家。

于是,马晓娟就叫了马晓慧与马晓玲一起到她那吃晚饭。

马千顷与马万顷都已经搬到新屋了,就马百顷还住在老屋。三个堂姐妹凑巧都是同年的,小学又在同一个班级里学习,自然也就比其他兄弟姐妹更讲得来。

问溪村是山头地,冬天很是阴冷,以前不少人家吃饭的桌下就生了火炉,叫火炉间。一般是用泥砖搭个四方架,把用旧的铁锅搁在架子上,要取暖时,先在铁锅里放上一定量的木炭,从灶台里拨出烧饭时落下的炭火撒在上面,再盖上一层炉灰,火热就慢慢地烘出来了。

吃饭时,马百顷热了壶红酒,说自己身体有毛病不能喝,让她们三姐妹多喝点。一开始,马晓慧与马晓玲还客气着不敢多喝,等两个老人吃完下桌后,在马晓娟的张罗下,也就不自觉地喝开了。

酒喝多了,话自然也就多了。马晓娟这时才说出,她爸的病不是一般的毛病,而是比较严重了。前两天去县人民医院检查,怀疑肝里有不好的东西。医生让家里人带马百顷去温州或者杭州的大医院再查查,他死活不肯,就闹着回来了。马百顷说,要去温州、杭州查的病肯定是死症了,一大把年纪了,反正也活够了,就不浪费钞票了。这个情况还是她小近姨打电话给她讲的,马百顷的三个儿子在外地做小生意都不在家,医院还是小近姨带他去的。

马晓娟说,这次回来她其实也犹豫过,毕竟因为婚姻的事,她爸都说了断绝关系的狠话,二十多年没见过面了。她已经想好她爸不想见她怎么办,没想到她爸见了她,什么重话都没讲。马晓玲说,大伯以前讲的都是气话,二十多年了,哪有大人不想孩子的。马晓娟说,也是,可能年纪大了,气也就顺了,生这种病,也不晓得还能活几天,以前我还放不下,现在想起,应该早点回来看看。马晓慧说,过去的事就让它过去吧,现在回来也不迟。马晓娟说,对对对,过去的就让它过去,我们三姐妹走一个。

又小半碗红酒下肚,火炉间里三人脸都红扑扑的,马晓玲说,这次怎么不带俊巧一起回来?马晓娟说,他呀,走不开啊,一摊子事,家里老的身体也不好,最小的还在上小学呢。马晓玲说,人啊,真想不着,俊巧也恁会当家了。马晓娟笑了起来,说,老早是白面书生,现在是乌面大伯了。马晓慧只觉得眼睛一涩,恍惚又见着了那个叫俊巧的青年人。

差不多有三十年了,那年正月,那个叫俊巧的青年人住进了马晓娟家。俊巧姓杨,是戏班里的小生,就是卸了妆长得也像白面书生,加上会打扮,是真的俊俏。马晓慧正好读初三,已是情窦初开的年龄,那时候,她们三姐妹都还住在老屋,她第一次看到俊巧,是在马晓娟家的敞间。俊巧刚从屋里出来,白色碎花衬衫连着白色涤纶喇叭裤,头发微卷,阳光从屋檐上打了下来,恰好把他罩在那里。只一照面,马晓慧就觉得脑门嗡的一声,心突突地跳了起来,脸皮也发烫了,赶紧别过眼去。

想象中的白马王子,就这样出现在她的眼前。那段时间,她很羡慕马晓娟,她曾偷偷地问马晓娟觉得俊巧长得怎么样。马晓娟说,油头粉面的,一般般吧。马晓慧说,你不喜欢这种类型吗?马晓娟说,我喜欢浓眉大眼,有男子汉气概的。听马晓娟这么说,马晓慧心里还挺高兴的,没想到几天后,就听到马晓娟跟俊巧好上的消息。

一开始是马百顷把杨俊巧给赶出去了,动静有点大,除了呵斥声,杨俊巧的箱子都被马百顷扔到屋门外了。杨俊巧也没说什么话,拉着箱子就走了。马晓慧有点迷糊,直到后来听见马百顷跟马晓娟大声争吵才知道,是马晓娟跟杨俊巧相好的事情被撞破了。

第二日,大概是正月初九吧,马晓玲就神秘分分地跑过来告诉马晓慧,马晓娟跟杨俊巧私奔了。杨俊巧是外省人,马百顷也是急红了眼,一路找过去,三个月后,终于在福建三门杨俊巧的老家逮着两人,这时候,马晓娟已经怀孕了。马百顷找了内行人,以强奸未成年少女为威胁,说要报警抓杨俊巧坐牢,杨俊巧害怕了,才劝马晓娟跟她爸回去。

　　回去后,马晓娟偷偷打了孩子,在家待了一段时间,就去温州打工了。后来,通过介绍,马晓娟跟隔壁村村主任的儿子订了婚。小伙子人老实,家境也不错,马百顷很满意。却没想到,就在快要结婚的时候,马晓娟留下了一封信,说自己已年满十八,是大人了,婚姻的事,想自己做主,她喜欢的人是杨俊巧,她要去找他,要跟自己喜欢的人在一起,只能对不起父母,对不起未婚夫了,希望能理解云云。事情闹得沸沸扬扬,在十里八乡都传开了,气得马百顷只能声明跟女儿断绝关系,从此不来往。马晓娟的母亲还因此得了小中风,在床上躺了近一个月。

　　马晓慧打心底里佩服马晓娟的勇气。那封信还是她读给马百顷两老听的。读那封信的时候,马晓慧就在想,如果她是马晓娟的话,敢不敢这样做呢?马晓慧在跟徐敬业结婚前,也偷偷谈过一次恋爱,男方也是外省人,在温州打工时认识的,但没多久就分开了。分手是男方提出的,马晓慧委屈地哭了一夜后,反而觉得解脱了。马晓慧觉得,谈恋爱也没想象中那般美好,也或许是,一直以来她都是被动的,没有真正喜欢那个男人。

　　"男人啊,没一个好东西。"说起男人,还是马晓娟最有发言权。马晓娟说当初她放下一切去找俊巧时,发现他居然跟另外一个女人好上了，还在短信里骗她说一直想着她。无家可归的时候，还好是俊巧的父亲收留了她。后来那个女人要嫁给有钱老板了，俊巧才回来找的她。生了孩子后，男人花心的毛病还是改不了，马晓娟只能苦苦忍耐，这几年他人老了，头也荒了，面也乌了，比以前好多了。不过狗改不了吃屎，谁知道以后会怎么样。

听马晓娟这么数落自己的男人，马晓玲说，你个"花被抖"，这么多年，你不会就俊巧一个男人吧？马晓娟笑了起来，说，老娘也不是吃素的，就许他偷腥，不许我偷腥吗？马晓玲说，我就晓得你不会吃亏，我们三姐妹，就你看得开。马晓娟说，早看开早享福，听男人抖还不如听"花被抖"。

三姐妹都笑了起来，马晓慧觉得哪里不对，想了想，说，也不一定，德尚就是好男人，会赚钱又顾家。马晓玲的老公顾德尚是鞋厂老板，这几年生意做得不错，待老婆又好，村里女人说起都把他当典型。马晓娟说，也是也是，不能一竿子打死，好男人也是有的，碰到是命好，碰不到是命歹，我自己命不好，总不能把所有人都拉下水，晓玲，弗听我"花被抖"抖汤，我敬你，沾沾你的好福气。

也就在这个时候，马晓玲腾地站了起来，说道，不不不，晓娟说得对，男人没有一个是好东西。这一碗，我先干为敬。说完,端起酒咕噜噜地喝了进去。坐下来后,马晓慧发现马晓玲的眼眶更红了,像是要哭起来的样子,一问,才知道顾德尚在外面有了女人,现在两人正在闹离婚,马晓玲这次回娘家也是因为这个事情。

"有钞票的男人你顾不牢,没钞票的男人你看不牢。"对于马晓娟这个结论,马晓慧表示认同,在酒精的作用下,马晓慧也不由得抱怨起了自己的男人,讲出了烦恼多时的心事。三姐妹边喝边聊,马晓玲忽然提起了庆田姆。马晓玲说,做人都不容易啊,还是庆田姆好,无忧无虑,没心思不用愁。马晓慧说,你也碰见庆田姆了?马晓玲说,今天黄昏时有碰见,跟以前一样,都没老去呢。马晓娟说,对了,庆田姆就住在老屋,原来晓玲住的地方,我去把他叫过来,给咱们姐妹唱个小曲。说着,就站起来要过去。马晓慧说,你真的去找他啊?马晓娟说,以前不是你最爱听庆田姆唱曲吗?马晓慧说,好好好,你去你去。

不一会儿,马晓娟就把庆田姆带到了火炉间。屋外天气冷,能听到风呜呜地响,庆田姆站在角落里,缩着脖子,手插在袖筒里抱在胸前,咧着嘴,眯着眼睛看着姐妹三人。

"庆田姆,走来,坐落,喝酒啊。"马晓玲舌头有点绕了。

"不喝不喝,我酒喝不来的。"庆田姆摇头。

"那,那坐落,吃些东西吧。"马晓慧也有点绕舌了。

"不吃不吃,我肚还饱些。"庆田姆还是摇头。

"好好好,那,那你就站在那儿,唱个曲吧。"马晓娟晃了晃身子,在自己的位置上坐了下来。

"我嗓子哑了,唱不起啦。"庆田姆张开嘴巴,给马晓娟看。

"庆田姆,你,连我的话,都,不听了。"马晓娟竖起眉头,假装生气。

"那,那我唱个《天仙配》吧。"庆田姆把手放了下来,直了直腰身,清了清嗓子,捏了兰花指,面容一整,就开腔唱了起来:

"树上的鸟儿成双对,绿水青山带笑颜。随手摘下花一朵,我与娘子戴发间。从今不再受那奴役苦,夫妻双双把家还……"

马晓慧眯了眯眼睛,耳朵竖起,小时候听庆田姆唱曲的情形就在眼前冒了出来,特别是那次在瓦窑洞前的。唱得也确实有点哑,像是霉出花斑的老磁带,听起来反而有了种回忆的味道。马晓慧感觉喉咙里一阵阵发痒,不由自主地一边拍手,一边跟着哼唱了起来。恍惚间,耳边的声音愈飘愈高,愈高愈飘。

马晓慧觉得自己的身子也跟着飘了起来,穿过一团迷雾后脑海里竟亮堂了起来,又仿佛有一个声音在对她说,人这一辈子啊,不能老是被生活给困住了,有时候也是要放开一下的,譬如,听庆田姆唱个曲……

舞者马向山

一

马佳佳以前不会想到,自己会去殡仪馆工作。

马佳佳是在部队学的开车。堂叔马向水在县交通局做副职,在县城里还算吃得开,见他退伍后工作没着落,就把他介绍到机关事务局当了驾驶员。工资虽然不高,但那时候驾驶员跟领导出去还有各种小福利,再加上些过年过节发的东西,收入加起来也还算不错。但很快,中央八项规定出台之后,这些油水都没有了,收入就显得干巴巴了。

马佳佳的父母是问溪村的农民,一辈子守着那一亩三分地过紧日子。"拼爹"是不可能的了,马佳佳知道自己这么过下去也不是个办法,而能想到的办法就是,硬着头皮再找堂叔马向水帮忙想想办法。

恰好碰见村里有亲戚托他给马向水带腌小笋，趁着这个机会马佳佳就把想法支支吾吾地给说了。马向水沉默了一会儿，就问马佳佳有个地方去不去。马佳佳说，去啊，什么地方？马向水说，殡仪馆那儿缺个驾驶员，昨晚吃饭的时候，所长正好问起我有没有可以推荐的，收入比你那儿要高很多。马佳佳说，啊，殡仪馆？马向水说，你考虑考虑吧，不过不能考虑太久，明天回我信吧。

马佳佳没有考虑太久，当天晚上就给堂叔马向水回电话了，表示愿意去殡仪馆。那天晚上他原本是想跟女朋友叶茜商量一下的，没想到路上就收到了对方提出以后不要来往的信息。问了原因，说是跟前男友复合了。对此马佳佳其实是有心理准备的，叶茜对他老是忽冷忽热的，就隐隐感觉这关系走不了多远，不过收到信息后，他心里还是咯噔了一下，就像被一颗预先知道结果的子弹击中了，右手条件反射地捂住胸口，知道那是幻想破灭了。

马佳佳找了路边绿道上一条长凳坐下，靠在那看着鹤城溪边景观灯亮起，不知什么时候，一条狗从他面前跑过，后面跟着一个穿短裙的女子，拎了个 LV 包，"皮特皮特"地叫着。马佳佳便不由得闭上眼睛，一股酸味涌上鼻梁，明白这一切还是穷导致的,瞬间下定了决心。

让马佳佳没有想到的是,自己去了殡仪馆以后,竟然还交上了桃花运。当然,也不是一开始就交上了,而是遇到陶小花以后的事。

原本是想,去了这么个地方只能与鬼做伴了,还好自己是部队出身的,胆量还是有的。也晓得按他自己的性格与家庭,不是做生意发大财的料,就没有太多想法,只是一门心思念着多赚点钱存起来。还给自己立了小目标,就是在三十岁之前,能够把老婆本给省下来。为此,他几乎把自己封闭起来。

小县城是熟人社会,马佳佳虽说混得不算咋样,但平时饭局还是有些的。去了殡仪馆后,马佳佳便发现朋友叫他出去的电话少了,偶尔也有算是要好的战友叫他去排档喝酒,他都找理由给推了。几次以后,就彻底清净了。

作为驾驶员,马佳佳在殡仪馆的工作是轮班制的。主要工作就是运送尸体,有时也给人家送个冰棺什么的。小县城的人还是比较讲传统的,死去的人送到火葬场都是找道士挑好日子的,日子好、时辰好的时候,出车就多。说是轮班制,一天三班倒,活多活少还得看日子、看时辰。为了公平起见,排班的人也要翻翻皇历。

而运送尸体,也是有讲究的。作为"接尸人",不能穿花花绿绿的衣服,得以黑白为主,深色是最好的。跟主家接触,话也不能乱说,最好少说,特别是"死人""再见"这些字眼,是提也不能提的。当然,少说不等于不说,尸体搬运上灵车的一些注意事项、规矩还是要讲清的。这些在马佳佳进入殡仪馆后,带他的师傅就再三交代过了。

按当地的规矩,运送尸体,死者家属都会给个红包,说是谢礼,其实也有去去晦气的意思。跟死人打交道,当地的人认为是肮脏的,自然没几个人是乐意的,但钱无疑就是最好的补偿和报酬。

轮到当班的时候,一开始马佳佳都会在办公室守着。这是单位的纪律,方便在接到电话时第一时间赶过去。不过时间长了,也会偷懒。值夜班的时候,马佳佳有时也会回到出租屋等电话。马佳佳租住的地方,离殡仪馆骑电瓶车只要三五分钟,赶过去一般也来得及。灵车是不能乱停的,通常只能停在殡仪馆停车场。

马佳佳第一次见到陶小花的脸,是在一个雷雨夜。当时,马佳佳就靠在出租屋里的枕头上迷糊,一个电话把他惊醒了。电话是所长打过来的,让他立刻开车赶到县人民医院急诊处去。

马佳佳不是第一次去医院接尸体。但这么火急火燎,却还是第一次。以前都是病人在医院里去世了,家里没条件设灵堂的——基本是县城的、住套房的，就会直接送到殡仪馆去。在殡仪馆里设灵堂，也是刚开设的服务，政府很鼓励这种行为，还推出了各种优惠活动。

马佳佳到了医院后才听说，死者是一位女学生，跳楼后被送到医院抢救。马佳佳下车的时候，雨还没有开始下，就瞥见急诊室门口聚了好些人，其中还有好几名警察，现场指挥是穿着白衬衫、黑西装裤的，脸色严肃，气氛更是凝重，看样子死者的家属还没有到场。

很快，死者就被推上灵车了。装尸袋的拉链已经拉上了，马佳佳看不到死者的样子。刚坐进驾驶室启动车子，一道闪电就映了下来，等了半晌，也没听到雷声，马佳佳不由得身子一颤，一股寒意爬上后背，冷飕飕的。

马佳佳觉得，这比自己第一次运尸体的时候还要瘆人，不由得咬了咬牙，让自己保持镇定。毕竟，第一次时师傅就坐在副驾驶座上，这一次，只有他一个人。后面车厢里的，那已不是活人了。

还好有警车护送。车子开出县城，就进入了一片黑暗，快到殡仪馆，往山上拐的时候，马佳佳看到眼前恍惚有黑影一闪，就听到"嘭"的一声，整个车子跳了一下。顿时吓得心也被拽了一下，也不知道是撞到了什么，感觉车子继续开也没啥异样,便只管往山上驶去。

到了殡仪馆后,所长已经在那里等候了,马佳佳悬着的心也放了下来。在所长的指挥下,几个人把车上的尸体搬了下来,推到了化妆间。马佳佳也跟了过去,看到陶小花已经等在房间里面了。

陶小花穿着白色工作服,外面还套着淡蓝色的一次性隔离衣,戴着淡蓝色的口罩,看不到脸上的样子。化妆间里的灯光是冰冷的,雪亮的,陶小花就像是冰雕一样立在那里。当她打开工具箱开始工作的时候,所有人都从房间里退了出去。

按理说,已经没有马佳佳什么事了,但马佳佳忽然想起了什么,自己也说不清楚,只是觉得自己得陪在那儿。便在门口不远处拉了一把椅子坐着,抬起眼,就能透过门上的玻璃,隐约看到陶小花戴口罩的那张脸。

马佳佳也听说了,女学生的死相太惨了,必须连夜把妆化好。这样的话,当孩子的家长赶过来时,心情就不至于那么崩溃了。之前,县里也发生过类似的学生跳楼事件,后来还发展成了群体性事件,所谓前车之鉴,这次处理起来自然就特别小心。

雷声开始不停地响起,终于下起了大雨。马佳佳埋头坐在那儿,眼睛不由得眯了起来,也不知道为什么,不时总会有一张苍白没有血色的脸忽然从眼前跳出来。这个时候,马佳佳就会再次抬起头来。

陶小花是县里从外省招聘过来的大学生专业人才。马佳佳一直不太理解,一个女孩子,怎么就报了给死人化妆的专业呢? 不得不说,陶小花是一个奇怪的女人。在马佳佳这个时代,陶小花这个名字听起来也有点奇怪。更奇怪的是,陶小花到殡仪馆工作半年多了,马佳佳还没看到过她的脸。陶小花一直戴着口罩,平时遇见了,偶尔也会点个头,然后便各自分开了。

殡仪馆有个食堂,就设在半山腰的一处落地屋里。离殡仪馆不到五百米,住着一户人家,那户人家平时也干些农活,殡仪馆便让那户人家的阿姨帮忙烧饭,连同食堂也设在人家家里。这样的话,工作人员吃起来,就不会觉得怪怪的了。

而让马佳佳觉得有点不可思议的是,自己好像从来没有见着陶小花过去吃饭,不知道是时间错过了,还是人家就不在那里吃饭。现在,马佳佳不知怎么有一种预感,只要自己一直等在门口,就能看到陶小花的脸。

也不知过了多久,雨声慢慢地小了。殡仪馆里一片寂静,马佳佳忽然听到一阵响动,那是肚子里发出的咕噜声。抬起头,却发现陶小花就站在自己面前。

陶小花已经脱了工作服和隔离衣,穿着一身米灰色羽绒服。然后,陶小花竟摘下口罩,对马佳佳说,你肚子饿了吧?

马佳佳第一次看到陶小花的脸,逆着光,不过还是能看到陶小花牙齿又白又整齐的样子。马佳佳呆了好一会,才说,你怎么知道的?陶小花说,我肚子也饿了。

让马佳佳没有想到的是,陶小花不知从哪里掏出一根双汇香肠递了过来,说,我请你吃香肠吧。马佳佳有点不知所措,说,啊?你工作好了?陶小花说,没好的话,我会请你吃香肠吗?

二

马佳佳也纳闷,陶小花为何会在这个时候这个地方给他一根香肠,为何自己还顺手接了过来。紧接着,就那么用手扭断了,挤出香肠咬了一大口,等他发觉不对劲时,抬起头,却看见陶小花笑了。

马佳佳后来才知道,陶小花每次替尸体化妆时,都会揣上两根香肠。问了原因,陶小花只是说,习惯而已。

不得不说,在殡仪馆里,马佳佳是第一个敢吃陶小花东西的人,或者说,是唯一能分享陶小花东西的人。

天快亮了,黎明前的殡仪馆显得特别阴森,这天的日子不算好,也就没了一些家属火化赶时辰的打搅。两人站在遗体化妆间门口,各自吃着香肠,终于,在分开之前,还是陶小花先开了口,说,我们加个微信吧。

微信是加上了,马佳佳却不知道该跟陶小花聊些什么。好几个晚上,都忍不住点开陶小花的微信头像,看着发呆。马佳佳也不是没在社交平台上撩过女生,但自从跟叶茜分手到殡仪馆工作后,便觉得原本那种感觉也火化成灰了。也不是说没了欲望,就是不想动手指了。

马佳佳也在殡仪馆遇到过陶小花,跟以往一样,陶小花还是戴着口罩,面对面走过来,也是点个头就过去了。马佳佳甚至怀疑,自己只是做了一个梦。不过,当他点开陶小花的微信头像时,又觉得那应该是真实的。马佳佳不免有点恍惚起来,直到那天夜里,忽然收到了陶小花发过来的微信消息。

那个时候,马佳佳恰好看着陶小花的微信头像发呆,忽然一行字跳了出来:在吗? 马佳佳心悸了一下,回了个信息:在。然后,就看到:你能过来一下吗?

马佳佳有过犹豫,但还是问清地址赶了过去。那是陶小花租住的地方,位于县城中心比较靠边的位置,一幢落地屋的二楼,敲开房门才看到,陶小花脸色苍白,捂着肚子,腰已经直不起来了。

马佳佳问,你怎么了? 陶小花说,肚子疼。马佳佳还以为是女孩子痛经什么的,说,有没有问题?陶小花嗯了一声,整个人就顺着床沿蹲下去了。看到陶小花的样子,马佳佳知道不对,说,要不要叫救护车?陶小花咬着牙,没有说话。马佳佳说,那我开车送你去医院吧。陶小花点了点头。

马佳佳是骑着电瓶车赶过去的,送病人自然不方便,便急忙赶了回去,把殡仪馆的灵车开了过去。也顾不得那么多了,再次来到出租屋时,陶小花已经趴在床沿上哼哼了。把陶小花背到副驾驶座位上,马佳佳就启动车子往市里赶去。

对于县人民医院,马佳佳总觉得不靠谱,不少病人去了还是要转到市里的医院去,何况从陶小花租住的房子直接去市一医院,也就不到一个小时的车程。当然,他也怕开着灵车送病人去县人民医院,在小县城里传开了惹麻烦。

车子刚开出没多久,就听到趴在副驾驶座位上的陶小花喊停停停的声音,停下车子问起,才知道陶小花肚子痛得受不了了,想着能不能在后面车厢里躺下来。那天灵车恰好送了冰棺回去,车厢里一副担架上是空的,也不讲究忌讳了,就扶着陶小花在担架上躺了下来。

当马佳佳开着灵车赶到医院急诊处,把陶小花抱下来时,还是把恰好路过门口的一个护士给看呆了。陶小花得的是急性阑尾炎,经医生诊断后,就迅速送往手术室。还是马佳佳给签的字,陶小花亲人不在身边,马佳佳只能说自己是陶小花的男朋友。而陶小花已经被折腾得说不出话来了,不过当医生向她确认时,还是点了点头。

马佳佳也没有想到,与陶小花的关系竟然就这么确定下来了。手术后他打电话给所长,说了送陶小花去医院的事,所长大概也想成全,说,这两天你不用来上班,把陶小花照顾好就可以了。马佳佳说,那车子呢?所长说,反正这两天不是什么好日子,就先停在那儿吧。马佳佳还是觉得有点不妥,想了想,说,我一个男的,不方便吧?所长说,有啥不方便啊,就这么定了。接着,便挂了电话。

三天后,马佳佳开着灵车把陶小花送回出租屋。为了避人耳目,马佳佳先把灵车开到附近一无人角落,再把陶小花从副驾驶座位上搀扶下来。直到陶小花在床上躺下,马佳佳才松了一大口气。

而就在马佳佳想说离开时,陶小花忽然问了这么一句话:你那天在医院说的话是认真的吗?马佳佳说,哪天?陶小花说,动手术那天。马佳佳想了想,点了点头。

是的,关系就这么再次确认了。后来,陶小花也跟他说了,原本她是做好这辈子一个人的准备的。马佳佳说,那是不是你职业的缘故?陶小花说,不是,我选择这个职业,就是想一个人过。马佳佳说,为什么? 陶小花沉默了一阵子,说,我也不知道。

确实,马佳佳也不知道,他为什么会对陶小花产生那种特别的感觉。陶小花说不上漂亮,但也不算难看,只是她的职业确实会让一般人望而却步。当然,马佳佳也明白,自己能找到陶小花这样的,从现实角度说,得算是高攀了。毕竟,人家是大学毕业有编制的,而他只是合同工而已。

也因为如此,马佳佳对自己与陶小花的关系还是非常谨慎的。不知是不是受部队的影响,马佳佳还是讲原则的,他也担心陶小花知道他真实的家庭条件后,会有什么想法,在交往后没多久,就忍不住邀请陶小花去他家看看。

那个时候,两人还没有正式发生关系。两人偷偷摸摸地交往,像牵手、亲嘴、搂搂抱抱什么的,在一起时也是难免的,但实质性的,马佳佳觉得陶小花还在术后休养期,就克制着没有进一步了。何况,跟以前交往的女生比起来,马佳佳觉得陶小花的身体似乎有一种特别的紧绷感,像皮球一样,太用力了,反而会弹出去。

而当马佳佳邀请陶小花去他家看看时,陶小花一开始并没有答应。马佳佳也能感觉出来,男女之间,还是得真正发生关系了,才能水到渠成。不过马佳佳也纠结,如果发生关系,以后出现问题就很麻烦了。

　　马佳佳只能等待,算是把问题交给时间吧。终于,在一个夜晚,陶小花对马佳佳说,留下来陪我好吗?那个夜晚,陶小花刚刚替一个患抑郁症跳楼的男人化好妆。马佳佳也认识,那是人事劳动局的一个副局长,以前在机关事务局上班时,自己还帮他开车下过乡。后来马佳佳还知道,陶小花还是他带队过去引进来的。

　　把陶小花送到出租屋时,马佳佳就觉得有一种心被搁在半空的感觉,当听陶小花说让他留下来陪她后,忽然心里就有什么落下来了。自然,马佳佳也留了下来。

　　那天夜里,陶小花洗了一个似乎很长时间的热水澡,马佳佳靠在床上,差点就要睡着了。等他回过神来时,陶小花已经躺在他边上了。马佳佳说,你洗好了?陶小花说,要不,你也去洗一下吧?马佳佳说,好,那你先睡吧。

　　或许是陶小花洗太久了,水有点冷,马佳佳扭动身体,不自觉地跳起舞来。也不知道为何,每次紧张难耐的时候,身体就会有这样特别的冲动。而当马佳佳洗好身子钻进被窝的时候,陶小花已经睡着了,发出均匀的呼吸声。马佳佳按了灯的开关,躺平,也发出均匀的呼吸声。

　　也不知过了多久,马佳佳突然听到陶小花的声音在耳边响起,你洗好了？马佳佳说,洗好了。陶小花说,那睡觉吧。马佳佳不知怎么回事,竟蹦出这么一句:我能跳个舞吗?

马佳佳知道这是身体逼他说出来的话,那么笔直地躺着,他的身体已经熬不住了。陶小花笑了出来,说,那你跳吧。陶小花这么一说,马佳佳的身体却又僵住了,他长吁了一口气,把身体慢慢地扭向陶小花的方向。

该发生的终究还是发生了。事后,陶小花说,以后,我就是你的人了。马佳佳愣了一下,以前跟他发生关系的女人,从没跟他说过这句话,这类似电影里的台词,让马佳佳刚开始觉得脊背发凉。

不过很快,马佳佳就被感动了,心里涌上了一股暖流,凉意瞬间退去。马佳佳抓住陶小花的手,紧紧地握住了。

三

马佳佳带陶小花回问溪村的那一天,心情却是沉重的。

就在一周前,马佳佳忽然接到姐姐马晶晶的电话。当时马佳佳正开着灵车在回殡仪馆的路上,马晶晶说,你在哪儿呢?马佳佳说,我在开车。马晶晶说,那赶紧到县人民医院来一下。马佳佳说,我开的是灵车。马晶晶说,那就把灵车开过来。马佳佳说,你不是有病吧?电话那边却哭了出来,说,爸得了不好的病了。

灵车上正接着人家逝者的尸体,马佳佳不可能把尸体送到医院去,虽说平日里马佳佳跟父亲也不大对付,但听到马晶晶的话后,他的脑袋嗡地一响,不由得开大了油门,向殡仪馆冲去。

对于父亲马向山,马佳佳总有一种陌生感。也不知道是从什么时候开始的,特别是从部队退伍回来后,马佳佳就感觉自己跟父亲的距离反而越来越远了,几乎每次回去都会闹点别扭,以至于他回老家的次数也越来越少了。马佳佳忽然想起来,自己已经有两个多月没回过老家了。赶到医院后才知道,父亲已经是第二次进医院了。

事情经过是这样的,开始是马向山感觉到右上腹不时隐隐作痛,以为是胃不好,吃了半个月草药没见好转,才去县人民医院看的。医生检查后,让拍了CT,看了片子感觉不对头,就让赶紧约个增强CT。当时是老伴刘茶梅陪着看医生的,听医生这么说,她顿时慌了神,又怕儿子忙没时间,就先跟女儿马晶晶说了。

第二次上医院时,做了增强CT,恰好有市一医院肝脏方面的专家过来坐诊,马晶晶得知消息后把片子拿给专家看了,专家直摇头,说,你是病人什么人?马晶晶说,我是病人的女儿。专家说,这瘤都长了大半个肝脏了,太晚了。马晶晶说,那是什么瘤啊?专家说,恶性肿瘤,肝癌。马晶晶说,那还有办法吗?专家说,这种情况没办法了,回去想吃点什么就吃点什么吧。

马晶晶也慌了神,一时不知如何是好,只能给马佳佳打电话了。马佳佳赶到医院得知情况后,也蒙了。两人又赶到专家那里,一番好求后,对方也只是给出这样的建议:如果不死心的话,可以去杭州、上海的大医院看看。

马晶晶嫁到县城边上的一个村,老公是做道士的,恰好当天没有生意,在家里吃过饭后,就开车把马向山一家送回问溪村。自然,马佳佳也跟着回了家。

几番商量后,还是决定先对马向山隐瞒病情。马向山看起来像六七十岁的老人,其实年龄也才五十出头,年轻时也是见过些世面的,看情形估计也猜出个八九分了。马向山一开始还是沉默的,回了问溪村后,坐在门前矮凳上抽烟,恰好马佳佳从后半间过来,就抬头把马佳佳叫住了。

一阵沉默后,马向山说,你们不说,我也知道自己得了什么病。马佳佳说,爸,你就不要胡思乱想了,医生都说了,就是肝炎,在家吃点药就可以。马向山说,好了,肝炎用得着这样吗?你爸是老,但不是傻。马佳佳说,我没说你傻啊。马向山说,你这不就是把我当傻子看吗?马佳佳一听,也有点急,说,那我是傻子好不好?

又是一阵沉默。马佳佳长舒了一口气,说,爸,对不起,我不该这么跟你说话。马向山没有回话,又抽了一口烟,把烟蒂扔了,缓缓说道,爸有句话还是要问你。马佳佳说,你问吧。马向山说,你有女朋友了吗?

对于个人问题,以前也不是没有谈过,谈多了,马佳佳就不想谈了。但这次不一样,马佳佳想了想,说,有了。马向山说,那怎么不早说?马佳佳说,我们也是刚确定关系,怎么说啊?马向山说,那能不能带回家看看。看着父亲急切的表情,马佳佳又想了想,说,好。

当马佳佳跟陶小花提起,他爸妈想看看她的时候,陶小花低头犹豫了一下,也就答应了。马佳佳自然明白父亲的意思,大概是想看儿子成亲,最好还能抱上大孙子。不过在这种情况下,对陶小花公平吗?

马佳佳是开灵车回去的,这还是陶小花要求的,说这样方便,反正自己不讲究这些。倒是马佳佳不敢把车子开回村子里,远远地找个隐蔽的地方把灵车停了下来。抄了条近路,直接从一个山弯爬岭上去下来,就方便多了。

有这么一段路,路下面是一崖壁,看起来有点吓人,马佳佳说,对不起啊,让你走这样的路。陶小花说,这有啥对不起的,以前在村里我也老走这样的路。马佳佳松了口气,说,那就好,那就好。陶小花笑了笑,又很认真地说道,以后你要是真做了对不起我的事,我就从这崖壁上跳下去。马佳佳心里咯噔了一下,急忙发誓保证了一番。

对于陶小花的到来,马佳佳的母亲刘茶梅无疑是最高兴的。原本苦瓜一样皱着的脸,难得花开一样了,早早就把屋里屋外打扫干净,鸡鸭与兔子都杀好了,忙上忙下张罗着停不下来。倒是马向山,可能是病痛的缘故,一张脸习惯性板着,只是忍住了没有抽烟,好几次手忍不住伸进兜里,又握着拳头出来。

吃饭的时候,刘茶梅问起陶小花是哪里人。陶小花说,福建三门的。听到这句话,一直沉默的马向山眼睛忽然亮了一下,问了句,三门哪里的?陶小花说,三门福山的。

然后,马向山又沉默了。饭后,马佳佳好像看到父亲马向山又跟陶小花说了几句话,因为隔着段距离,马佳佳也不知道说的是什么。后来马佳佳也问起过陶小花,她就回了句,没说什么啊。

可以说,马佳佳父母对陶小花是认可的。不过陶小花的态度似乎有点模糊,陶小花没有拒绝刘茶梅给的红包,但在回去后,又把红包还给了马佳佳。马佳佳说,你这是什么意思?

陶小花说,没别的意思,你先帮我收着吧。马佳佳说,你如果不愿意跟我发展下去,直接跟我说也没关系的。陶小花说,你想多了,我真的没有别的意思。

马佳佳只能把红包收了起来。又想了想,便说什么时候去陶小花家里看看。陶小花说,不用这么急吧,我先问问家里人的意思。马佳佳原本想说他爸得肝癌了,怕等不及了,却一下子像被什么噎住了,心里也在想,估计陶小花跟家里关系不怎么样,不敢催太紧,只能先缓缓了。

其间,马向水也有打来电话,问了马向山的情况。马佳佳如实说了,马向水表示,应该再去杭州、上海的大医院看一看。马佳佳的姑姑马晓慧也回来看过,表达差不多的意思,马佳佳自然也有这个想法,只是说来说去,马向山还是拒绝了。马向山表示,他已经知道自己得的是绝症,就没必要浪费钞票了。如果硬要逼他去看,那他就喝药水死了算了。

话讲到这个地步,一家人就陷入了沉默。后来还是马向山先开了口,他盯着马佳佳说,真要去哪里的话,我想去三门看看。马佳佳愣了一下,说,三门哪,隔着省,有点远啊。马向山说,你不是会开车吗?开车过去啊。马佳佳说,我开的是灵车啊。马向山说,那就开灵车过去。

一开始,马佳佳还以为父亲说的是急话,没想到是真的让他开灵车过去。马向山说，我这个病，开灵车最适合了，万一有个三长两短，就可以直接运回来了。刘茶梅呸呸呸直吐口水，说，你个死老头，就知道胡说，有谁是开灵车去看人家的。马向山说，我就是去三门看看，不是去看谁。刘茶梅说，那你不去看人家，看啥？马向山愣了一下，说，就，就是看人家，车子停远些总可以吧，又不是呆人，还真开到人家门口去啊。

当然，最终说服马佳佳开灵车过去的，是马向山的这么一句话，马向山说，我都是得绝症要死的人了，就不能听我安排一次吗？

说实话，听到这句话时，马佳佳的血莫名涌了上来。

四

从问溪到三门，开车的话大概要七八个小时，不算近，也不算太远。

出发前，马佳佳还是给陶小花打了一个电话。也想过让陶小花陪着一起去，不过马佳佳考虑到，灵车的话，只有副驾驶位能坐一人，总不能让谁坐后面车厢里吧。何况，让女方领着男方父亲去看人家也不符合风俗。再说了，父亲也有偷偷去看的意思，只能打消这个念头。

在电话里，马佳佳说，他这两天准备带他爸爸出去转一转。陶小花说，好啊，陪老人出去转转也是应该的。马佳佳说，我爸说，他想去三门看看。陶小花停了一下，说，老人家想去看，就去看吧。马佳佳说，没有意外的话，我可能明天下午到三门。陶小花说，要不要我打个电话给家里？马佳佳说，先不要打吧，我爸还没明确说去你家呢。陶小花说，哦，我知道了。

马佳佳是大半夜里把灵车开回家的，趁着没人注意，一大早就带着父亲出发了。为此，他把灵车洗了又洗，还在车厢里放了全新的担架，那是馆里刚配置的，还没人用过。当然准确地说，是没有死人用过。

一开始，马向山是坐副驾驶位的。从村子里出来，路还是有点绕。马佳佳知道父亲的身体状况，便控制住速度尽量开得平稳一些。村子在灰暗中不断退后，马佳佳能瞥见父亲不时回头，好似心里有什么舍不得似的，鼻子不禁漫出一丝酸楚。

与父亲的关系一直比较僵硬，是该软下来的时候了。就在车子开出村庄没多久，前方出现曙光的时候，马佳佳忽然听到嗯哼一声。

马佳佳知道，那应该是父亲有疼痛的表现，便问马向山，怎么了？马向山说，没怎么。马佳佳说，要是难受，你要跟我说啊。马向山说，知道了，你只管开吧。

天色大白的时候,车子也开出了县城,马佳佳在手机里开了导航,女性柔软的声音让一向缺乏交流的父子避免了不少尴尬。由于自己开车,除了母亲刘茶梅塞了一大袋东西上来,马佳佳还带上了牛奶、八宝粥、面包等食物。

早餐就在车上对付一口,鹤川是全省唯一没有通高速的县,车子出了县,又开了一段时间,导航提示前方要上高速时,马佳佳不由自主地问了一句,要不要上高速?

马向山说,高速要收费,还是不要上了。马向山也知道,上高速是要交过路费的,虽说可以快捷一些,但是要花钱又觉得不值当。

马佳佳听从父亲的建议,把导航调整成不走高速的模式,当然,时间得长一个多小时。

都说贪便宜吃母猪肉,这是问溪村的讲法,意思是说贪便宜是要惹麻烦的。果然,车子在省道上行驶的时候,咯噔一跳,原来路过一个坑洞时,轮胎突然爆了。

附近没见修理店,马佳佳只好下车换胎,八九月的天气,阳光一出来就刺得人发疼,爆胎的位置正是阳光直晒的地方。正一番操作,马佳佳发现有一道影子挡着他,抬头见是父亲站在他背后。马佳佳说,这里日头晒,你去阴凉的地方吧,换轮胎我一个人就可以了。马向山说,没事,我就看看。

备用轮胎终于换好了,马佳佳导航去最近的修车补胎店,显示大概还有五公里。上了车,马佳佳忽然瞥见马向山捂着肚子,腰弯了下去。

马佳佳说,怎么了? 马向山说,没事,可能晒了日头气,过会就好。马佳佳说,跟你说了你不听,非要难受是不? 马向山说,我知道了。马佳佳说,真难受的话,我送你去附近医院看下。马向山抬了抬头,说,没事,开车吧。

到了路边一家修车店,师傅看是灵车,表情有点严肃,一个四五岁的孩子迎了过来,师傅连忙使了眼色,让一旁的女人带走了。马佳佳也早已习以为常,倒是马向山的眼神显示他还有点不习惯。

补胎后,灵车又继续出发。到了一个看似无人的路段,马向山忽然说,我能不能在车后面躺一下? 马佳佳说,可以啊。想了想又说,你是不是难受了? 马向山说,没有。马佳佳说,还没有,我看你脸都青了。说着,开始导航去附近的医院,马向山听到了声音,说,你如果送我去医院,我就从这车上跳下去了。

没有办法,马佳佳只能让马向山去灵车后面的车厢里。看着父亲躺进灵车,马佳佳关上车后门,有一种难以言喻的情绪漫上心头。

五

一路上，马佳佳不由得想起了有关父亲的点点滴滴。

在早年模糊的记忆里，父亲也曾经是高大的。那时候父亲在温州厂里做工，据说还做到了管理的岗位，每次逢年过节回家的时候，都会带回不少好吃好玩的，引得邻居孩子一脸羡慕。

但忽然有一天，父亲的一只脚就拐了。后来才知道，那是父亲在温州厂里做工时，被翻倒的机器给压的。从此以后，父亲就待在家里没有再出去，人也变得沉默寡言了。

拐了一只脚的父亲被村里人称为"撇脚山"，之后他种过香菇，养过鸡鸭，干过不少活，勉强养活一家人，上了年纪后，还做了说神人。说是铁拐李托梦，告知他一些天书法术，醒来后就能附体通灵了。马佳佳自然不相信，也见着有人遇到事情过来问神，父亲跳上桌子手舞足蹈，念一些模棱两可的话，给人家一些启示，也能赚个红包钱。总之在马佳佳的印象里，随着自己长大，父亲的形象是越来越矮小的。特别是父亲做了说神人后，神神道道的，更是让他感觉不舒服。

现在，离三门还有三四十公里，马佳佳就已经开始担心，万一真见着陶小花家长，会不会被人家嫌弃？说实在的，车子进入福建境后,马佳佳的心就开始突突跳了。

到了一山僻处,马佳佳把车子靠近路边停了下来,回头喊了一声爸,见没反应,又喊了一声,然后就听到哎的回应。马佳佳说,你没事吧?马向山说,没事。马佳佳想了想,还是下了车,打开后门。马向山已经坐起来了,说,到三门了?马佳佳说,快到了。马向山说,好,我下来坐车头吧。

一辆车忽然加速从身边驶过,估计是看到灵车上下来一个大活人,被吓着了。车子继续行驶,到了下午两点左右,就到三门地界了。导航显示,再有半个小时左右,就可以到福山村了。此前也问过父亲的意思,马向山说,那就去村里看看吧。马佳佳说,就看看吗?马向山说,先看看吧。

山路开始变窄,到了一岔路口,路牌上看到了福山村的字样。马佳佳把车子缓了下来,往四周察看了一番,发现前方转弯处有一三角地,茅草长得老高,车子停在那里相对隐蔽,接下来就可以步行到福山村了。至于去村里后怎么着,到时再看实际情况随机应变好了。打定了主意,马佳佳就把车子往那儿开了过去。没想到拐弯时一只黑狗忽然跳了出来,马佳佳急打了下方向盘,车子就往路边一偏,田埂竟塌下去了,急忙踩了刹车,整个车子还是随着滑下田去。

黑狗后头跟着过来的一老一少发现了,问了车里两人没啥问题,就回去喊了村里人过来帮忙。顿时,场面就热闹了。大家也不嫌弃是灵车,开始了拉车的准备。马佳佳更不好意思说是过来看人家的,只能说是路过这里的,太感谢大家了。

终于,在大家的齐心协力下,车子被拉上路了。马佳佳试了试车子发动机,往前开了一截,感觉没啥问题。熄了火,正想下来再感谢一下大家,却发现车头右侧的路边,父亲正与一个过来帮忙的老年人抽烟聊天,那人大概是耳朵有点听不清,说话声音有点大。只听见那人说,你说的是陶春芳吧,很早前就走了。马向山说,什么时候走的?那老人说,大概有三十多年了。马向山说,啊,那会儿她还很年轻吧,怎么走的?那老人说,从八仙桌上跳下去的。马向山说,八仙桌?那老人说,哦,八仙桌是这里崖壁的名字,传说八仙坐在那里喝过酒,所以就叫八仙桌了。又用手指了指前面一处山头,说,你看,就在那里。马向山说,是为啥跳下去的?那老人说,唉,听说是她在温州谈的男人不要她了,回来后想不开,就跳下去了。

马向山没有再说话,上了车子。见父亲脸色铁青,马佳佳也不好问什么。马佳佳下车感谢了大家,想掏钱让大家买条烟什么的,也被拒绝了。既然说了自己是路过的,也只好假装路过继续向前开去。车子开出没多远,马向山忽然喊了起来,停车停车。马佳佳停下车子,说,怎么了?马向山用手指向车外,说,你看,那崖壁上的石头像不像八仙桌? 马佳佳顺着手指方向看了出去,那崖壁上方有一块巨石凸出,四四方方的,确实有点像八仙桌的样子。

不远处又是一分岔路口,有一条更窄的机耕路是往山上去的,马佳佳把车子开了上去,他知道父亲一定想去那里看看。有一种强烈的感觉告诉他,那个老人嘴里的陶春芳跟父亲大概率是有某种关系的,甚至他还隐隐觉得,父亲可能就是对方在温州谈的男人。

到了半山腰,马佳佳把车子停了下来。沿着路边看过去,叫八仙桌的崖壁就在前方,得爬一段长满茅草的山路,绕过半个小山弯。马向山从车上下来,也没有说什么,撇着腿,径直就往那八仙桌方向走去。

马佳佳就在车上看着,直到马向山出现在八仙桌那里。隔着些距离,加上有点逆光,人的面貌看得不是很清楚,但身形还是能看明白的。

马向山佝偻着身子,站在那里,也不知过了多久,一动不动的马向山忽然直起了背,双臂张开,机器人一般地动了起来——不,是跳起了舞。马佳佳看得分明,一开始还以为父亲又跳起了大神,但很快就明白过来,那是 20 世纪八九十年代流行的霹雳舞。看那跳的姿势,更准确地说,叫太空舞。

马佳佳不由得想起,村里曾经有一些关于父亲的片段说法,说父亲年轻的时候,也是风流人物,还有"霹雳舞王子"的称号,很讨女孩子喜欢。以前,马佳佳还以为是人家拿撇脚跳大神的父亲开涮,但现在,马佳佳发现自己的身体开始颤抖起来,眼睛莫名一阵酸涩,只能保持着略微仰头的姿势,皱起眉心。

日光突然从云层中漏出一线,正好打在八仙桌那一带,马向山身上顿时泛起金光,像是神仙附体,又回到了年轻的时候,动力十足。只见他身形缓缓向旁滑去,恍惚腾空而起,走向太空。

诗人马自达

一

在问溪村,文黎明属于外姓人。问溪村基本是姓马的,其他的姓自然就成了外姓。但文黎明在问溪村,从没因为是外姓而受过欺负。他的父亲文向东是语文老师,在问溪小学教了几十年书,直到村校撤并后才退休。也就是说,问溪村除了那些上了年纪的,大部分青壮年都是他父亲的学生。加上平时做人有威信,文老师的话就是"圣旨",如果欺负文黎明,就是跟整个问溪村过不去。

当然,也难免有例外的。文黎明就经常被马自达"欺负"。之所以要带上引号,是因为这欺负不是一般的欺负。文黎明与马自达是小学同学,文黎明作为文老师的公子,在班级里还是有些特殊的,譬如下课期间玩相猎、斗腿、打纸包、抓柿银(即柿子里面的种子,小孩子玩耍时当作银子使用)之类的游戏,同学们都会不自觉地让着他,除了马自达。

刚上小学时,文黎明个子矮,坐在第一排。马自达个子也差不多,就坐在文黎明的后一排。上课时,马自达属于那种屁股生刺坐不牢的,老师没讲几分钟,马自达就会摇起凳子,磨着屁股,连身体也跟着扭起来。而坐在马自达后面的,是绰号"辣椒粉"的马淑琴,马自达屁股一摇,马淑琴就用铅笔尖戳他的后背。马自达龇牙咧嘴,不敢报告老师,又被马淑琴的名头吓住,便也拿着铅笔尖,趁老师转身在黑板上写字时,戳文黎明的后背。文向东交代过文黎明,在学校不能把自己当老师的儿子,不能搞特殊,要跟其他同学一样。于是,文黎明也只能龇牙咧嘴地忍着。

下课时,文黎明问马自达,是不是你戳我后背?马自达没有否认,说,是有人先戳我后背的。文黎明说,别人戳你后背,那你应该戳她才是,怎么能戳我呢?马自达说,人家坐在我的后面,我怎么戳她后背,我只能戳你后背了。文黎明说,那我戳谁后背啊?马自达说,你可以戳老师的后背啊。

那时候,马自达还不知道文黎明是文老师的公子,毕竟两家隔着一条溪,没上学前,不在一起玩。文黎明说不过马自达,回家后憋着一肚子委屈。晚饭后他做作业,父亲则在一边批改作业,后背正对着他,文黎明拿着铅笔的手抖了老半天,到底是不敢戳下去。

　　文黎明是文老师的公子这件事,是马淑琴告诉马自达的。同桌马秀秀把从家里带过来的大白兔奶糖偷偷分给文黎明吃,马自达看见了,就问马秀秀为啥不分给他一粒。马秀秀说,凭啥要分你?马自达说,我们是同桌,总比前后桌关系要近吧。马秀秀说,你是谁啊,人家是谁啊,也不害臊。马自达说,那人家是谁?马秀秀说,不告诉你。看马自达急得挠头抓耳的样子,还是马淑琴把答案公布了出来,说,你还不知道吧,人家是文老师的公子。

　　文老师的公子怎么了?马自达自然是不服气的。文黎明也因此触了霉头,除了后背莫名被戳,还总是被马自达针对,譬如课间玩相猎时,碰着马自达追,第一个追的就是文黎明,直到被逮到。打纸包文黎明玩得不多,抓柿银就比较喜欢了,有时文黎明从其他同学那赢过来些,就被马自达给赢走了。这游戏是大家一起玩的,谁插进来都不好拒绝,文黎明也只能苦苦忍耐,摸着袋子里浅下去,找个理由说不玩了,以免输个精光。马自达就说,是不是怕输啊?文黎明说,我没柿银了。用手握着剩余的几颗,两个手指拉出兜,给同学看。马自达会突然用手打他的手,如果有柿银掉出来,就会瞄着他呵呵地笑,一副看好戏的样子。

或许是马自达的原因,此后,文黎明就慢慢喜欢上了女同学玩的游戏,抓分子、踢毽子、跳皮筋等。也或许是,文黎明只是更喜欢跟女同学一起玩而已。在那个时候,男同学跟女同学玩是要被嘲笑的,但文黎明身份特殊,很少会感受到这种嘲笑的存在。而马自达自诩男子汉,也是不惹女同学的,文黎明自然就清净多了。

文黎明变得更文静了,学习也更认真了,成绩也一直是班里前两名。马自达呢,就经常被老师批评心野,成绩起伏大,大多时候不见名次,但偶有时候,特别是语文,会莫名跳到第一,还压文黎明一头。本来还有可能说是作弊,如此就谁都无话可说了。这是最让文黎明难受的,总觉得自己的第一不是那么名正言顺,总觉得自己被什么压着。每次考试,就怕马自达发神经,忽然爆发一下。

村里流传着一个说法,文黎明也听说过,说马自达得过魁星的指点。是这样的:马自达小的时候,到了三四岁还不会说话,有一天经过村口的文昌阁,突然一阵风吹过,接着头被什么东西敲了一下,人就晕过去了,把他父亲马万顷吓了个半死,还好没过多久就醒过来了。神奇的是,此后马自达就会开口说话了。有人发现,文昌阁瓦檐背上站着的那个魁星塑像手里的笔不知怎么断了半截,回想起来,那天砸在马自达脑袋上的应该就是那半截笔了,就对他爸马万顷说,你的姆儿啊,被魁星的笔给点醒了,以后会有大出息的。马万顷乐得呵呵笑,说,我也不要求姆儿有什么大出息,会说会跳,人正常些就好了。而背着马万顷,则有人说,点马自达的是半截笔,以后种田不是种田,读书不是读书,估计是个浪荡子。

当然,文黎明是不相信这种说法的,老师教育同学们要相信科学,他就相信科学,除了晚上会怕鬼。文黎明一开始觉得,马自达之所以针对他,只是因为碰巧而已。好比一粒老鼠屎碰巧掉在米箩里,捡起来扔掉就是了。文黎明这么一想,就感觉心里舒服多了。

而让文黎明没有想到的是,马自达竟然救了他一命。问溪村村尾处有个大潭,叫双隔潭,一条拱起的岩皮把潭分成两隔,成为天然的游泳池,里隔水浅,适合不大会游泳的孩子,外隔水深,适合会游泳的大人。应该是四年级的暑假,那天中午,刚学会狗刨沙的文黎明游累了,就爬上了那隔界的岩皮背休息一下,也不知怎么的,脚一滑,就滑到了外隔潭。文黎明站了下去,水还没到脖子,就想着划回去,没想到拨拉几下,再站下去,水就满过头顶了。文黎明拼命划水,却越划越远,一口水喝了进去,想叫救命,却已经喊不出来了。就在文黎明陷入无边恐慌时,感觉头皮一涨,头发被一股力量一拉,然后手脚就触着岩皮了。

关键时刻,是马自达拉了他一把。也正是这一拉,让文黎明对马自达产生了一种微妙的感觉。文黎明也说不清这是什么感觉,这种感觉就像苏打粉之类的化合物,在他们往后的关系中发挥着神奇的作用。文黎明曾经问过马自达,说,你不是看我不顺眼吗,为什么要救我?马自达说,不顺眼是一回事,但救你是因为你这个人还是讲义气的。文黎明说,什么意思?马自达说,我这么欺负你,你都没向老师告状,也是条汉子。文黎明想了想,又问道,那你为什么要欺负我?马自达想也没想,说,我喜欢啊。

对,就是这么莫名其妙。马自达喜欢欺负文黎明,那文黎明喜不喜欢被欺负呢?这个问题,文黎明一直没有找到答案。人生不像考试,很多问题就是没有答案的。而文黎明明白其中道理时,已是马自达成为诗人以后的事了。

二

马自达成为诗人不是偶然的。

或者说,在别人看来是偶然的,但在文黎明看来,却是必然的。就像是找妈妈的小蝌蚪,必然会成为青蛙一样。

上初中时,文黎明跟马自达就不在一个班了。不过,文黎明跟马自达走得还是挺近的,特别是上下学的时候。这样的关系,让马自达总是会不自觉地把种种私密暴露在文黎明面前。

他们的初中是在镇上读的,从问溪村到镇中,有五六里的路程。为方便儿子上下学,文向东给文黎明买了一辆永久牌自行车,也是村里孩子们中的第一辆自行车。文黎明骑着自行车从步行的同学身边经过时,会把自行车铃按响,提醒他们让一让。但遇着前面是马自达时,文黎明就不敢按铃了,扭着龙头,偷偷地从马自达身边骑了过去。马自达看是文黎明,追上前去,屁股一蹦,就坐上了后座。文黎明猝不及防,车子歪歪扭扭地便往路边岩坎冲了过去。最后关头,还是马自达蹦下来把后座给把稳了。看着文黎明脸色煞白的样子,马自达哈哈大笑,说,你这种臭水平啊,下次还是我搭你吧。

马自达没有自行车,就以搭文黎明为借口,用文黎明的自行车学车,三天后,便真搭着文黎明上下学了。他也确实比文黎明骑得更稳更快。文黎明无话可说,只能坐在后座被颠得屁股生疼。

骑顺了,碰到下坡路,马自达就放开把手,让自行车自由加速。风呼呼地响,后座的文黎明心扑通扑通地要跳出来,马自达却张开双臂,把风搂进怀里,嘴里喊着:啊,我要飞,飞进春天的花蕊里,飞进姑娘的裙子里,飞进死亡的黑梦里……

文黎明听得脸皮一阵阵燥热,青春期隐约开始了,有了懵懵懂懂的想法,文黎明会把它藏在心里,但像马自达这么大嗓子喊出来,文黎明也只有做梦的时候才敢想想。

车子愈来愈快,文黎明紧张得屁股摇摆起来,连着车子也扭动起来。晃得厉害了,通常马自达也会迅速把住方向,但有时候会来不及,就连人带车冲进路边的草蓬窝,虽不至于伤筋动骨,但擦手划脸却是难免的。文黎明惊魂未定时,也想着跟马自达绝交,以便远离马自达,远离危险,但想到马自达救过自己一命,又总是下不了决心。

大不了就把命还给他吧。文黎明只能这样安慰自己。不过,跟马自达混在一起,并不仅仅是还命那么简单。大概是初二的时候,马自达喜欢上了一个女同学,她跟文黎明同班,叫武冬梅。武冬梅真的练过武,她的舅舅是镇里有名的拳师,弟子没有三千个,三百个总是有的,所以,武冬梅就算没练过武,在学校里也没人敢欺负她。但文黎明就不一样了,到了镇中,文向东也就没有什么影响力了,文黎明虽说成绩不错,能得老师喜欢,平时表现却偏于困性,就不免让一些同学看轻了。譬如有人学他走路、说话的样子,还给他取了个"囡宝"的绰号。文黎明听见了自然生气,却也无可奈何。

而武冬梅则会护着文黎明,也没什么来龙去脉,就说武的必须保护文的。有一次,同学胡大彪在文黎明的后背偷偷贴了张写着"囡宝"的字条,手还没缩回去,便被武冬梅一把逮住了。胡大彪说,你想干吗?武冬梅说,那你在干吗?胡大彪说,我在跟囡宝玩啊。又问转过头的文黎明,说,是不是啊?文黎明有点蒙,说,是是是。武冬梅说,好啊,那老娘也跟你玩玩。她抓住胡大彪的手指,反着手掌往下一拗,胡大彪的身子便抬了起来,哎哟哎哟地叫唤着,说,别别别,我再也不敢了。

文黎明不喜欢武冬梅这样子,觉得女生还是温柔一点好,像冯小娟那样,连说话声音也是柔柔的,不用什么力气,就能挠到你心里去。而马自达不这么看,马自达认为,武冬梅有女人味。文黎明问,女人味是什么味道?马自达呵呵一笑,说,等你毛长出来了,就知道了。到了初中后,马自达长速加快,已明显高出文黎明半个头了,脸上冒出了不少痘痘,嘴角还长出两撮胡须来,声音也变哑了。文黎明却还是一副细皮嫩肉的样子。

开始时,马自达让文黎明帮忙送信,是从作业本上撕下一张,再折起来的那种。准确地说,是递纸条。文黎明虽然答应了,但还是有点紧张,等到中午放学,文黎明坐在座位上磨蹭着,想等同学们都走了,再把信塞到武冬梅的文具盒里。让文黎明没有想到的是,其他同学都走了,武冬梅还坐在座位上。文黎明瞄了瞄窗外,走廊上也没见人影,便鼓起勇气,走到武冬梅位置前,说,这个,给你。把信扔到桌面上,做贼似的跑了。

完成任务后,文黎明长舒了一口气。下午第二节是体育课,完成了队列体操后,便是自由活动时间。文黎明站在操场一角发呆,一个排球滚到他的脚下,文黎明回过神来,抬眼却发现武冬梅已经站在他的面前。武冬梅脱了上身的运动服,穿着件白色短袖紧身背心,胸部波浪般起伏着,脸颊潮红,额头有细汗渗出,还在喘息着。一股特别的味道钻进文黎明的鼻子,瞬间就在全身爬了开来,一阵鸡皮疙瘩后,文黎明忽然想起马自达说的女人味,隐约明白了其中的意思。

"那首诗是不是你写的?"武冬梅直接就来了这么一句。

"不是,是马自达写的。"文黎明才知道那信里写的是一首诗。

"马自达会写那样的诗?"武冬梅说。

"那当然,他说他是诗人。"文黎明说。

"马自达是诗人?"武冬梅笑了起来,说,"如果马自达是诗人,那我们全校都是诗人了,对了,包括食堂里蒸饭的阿姨。"

看着武冬梅托着排球一拳砸了回去,文黎明不由自主地缩了一下脑袋。武冬梅回眼一瞄,说:"不跟你扯了,我去打排球了。"便径直走开了。

确实,马自达跟文黎明表示过,他是诗人。在那段时间里,不少同学都迷上了汪国真,文黎明就是其中之一。文黎明的同桌钟晓云也是汪国真的崇拜者,在一本红皮笔记本里抄满了汪国真的诗,就是上数学课的时候,也会拿出来在抽屉里翻翻。文黎明呢,是不抄写的,看了就默默记在脑子里,等着写作文时再亮两句出来显摆一下。马自达经常抄文黎明的作业,虽说不同班,任课老师却是差不多的。他偶尔也会翻开文黎明的作文本,有一次瞄几眼就笑了起来,说,你喜欢汪国真啊。文黎明说,你也喜欢汪国真?马自达说,我不喜欢,他的诗看着没劲头。文黎明说,是吗,难道你比他写得还好?马自达说,我如果写诗的话,未必就比他差。文黎明说,那你也是诗人了。马自达说,你说是,那就是吧。

文黎明知道马自达爱吹牛,也就让他吹去了。那天下午放学后,文黎明还是把武冬梅说的话告知了马自达。马自达在前面骑着自行车,好久没有回话。直到迎面有辆拖拉机开过来,才忽然停了下来。车子就停在中间,通村的机耕路差不多也就容一辆拖拉机驶过,吓得文黎明直捅马自达的后腰,说,快快快,拖拉机要开过来了。马自达慢悠悠地把车头别了过去,用脚一蹬,车轮溜到路边,拖拉机就突突突地从自行车边上开过去了。黑烟弥漫中,马自达说道,我会让她相信我是诗人的。

镇中有个文学社,叫春晓文学社,成立有些年头了。文黎明的作文写得不错,经常被语文老师表扬,有时还作为范文在班里被朗读。上初二没多久,文黎明就被语文老师推荐到了文学社。在镇上,谁能够进入文学社,谁就会被视作牛人。如果作文还能在校门口边上"文一角"张贴的话,那就是举校瞩目了。文黎明加入文学社没多久,就有一篇作文在"文一角"上被张贴出来,题目是《我的自行车》。此后几日,文黎明觉得同学们看他的眼光都变了,连"囡宝"的绰号也听不到了。

那天,马自达又让文黎明送信了,这次不是给武冬梅的,而是让文黎明交给文学社指导老师王庆国。信里也是一首诗,这次马自达先让文黎明看了那首诗:

自行车不是我的,你也不是我的

马路沉默着,一圈又一圈

圈也不是圈,孤独在循环

　　你走在圈外游戏人间

　　我困在圈里画地为牢

　　…………

　　哪怕是多年后，文黎明还能记住那首诗的这几句。文黎明那时也偷偷写诗，但写的都是唯美、励志之类的，这朦胧绕嘴的诗句，一下子把文黎明也绕朦胧了。文黎明说，诗歌可以这么写吗？马自达说，诗歌不可以这么写吗？文黎明想了想，说，汪国真好像不是这么写的。马自达说，写诗一定要像汪国真那样写吗？文黎明又想了想，觉得马自达说得还是有道理的，毕竟诗人不止汪国真一个，不过心里还是有一丝不服气，就说，自行车虽然不是你的，但你骑得好像比我还多啊。马自达哈哈大笑，说，自行车又不是马子，分什么你的我的啊。文黎明说，马子是啥东西啊？马自达说，等你长毛了就知道了。

　　一说到长毛，文黎明心里顿时就纠结了起来，渴望着长毛，又害怕长毛。不由得低下头，把信折好又拆开重折了一遍。看文黎明不说话，马自达说，你把信交给庆国老师，我就告诉你马子是啥意思。文黎明看马自达的样子，也大致猜到了马子的意思，把信塞回马自达手心，说，你当我是小孩啊。

马自达说,好,大人在上,请受在下一拜。拱手间又把信塞回文黎明手心。文黎明奈何不了马自达,只好接了下来。文黎明自然明白马自达的意思,就是想让这诗能在"文一角"张贴出来,向武冬梅证明,他是个实实在在的诗人。

马自达的诗终究还是没有在"文一角"张贴出来。文黎明是通过把信夹在自己作文本里的方式交给王庆国的。第二天早上,王庆国就在走廊上把文黎明叫住了,问马自达是谁。文黎明说,是我小学同学。王庆国说,这诗是他写的?文黎明说,是的。王庆国说,他现在在哪儿呢?文黎明说,在二(三)班。王庆国哦了一声,说,你可以走了。

文黎明走了之后,才知道王庆国又找了马自达,当然,这是马自达告诉他的。马自达还告诉他,庆国老师表扬了他的诗,说他的诗已经超越了他的年龄,还让他也加入文学社。马自达说得没错,接下来文学社的课外辅导,文黎明就跟马自达坐在一起了。只是,又一期文学社选出的作品在"文一角"张贴出来,其中却没有马自达的诗。马自达对文黎明说,庆国老师跟我说,我的诗太成熟了,不适合在学校张贴。文黎明说,那你怎么向武冬梅证明你是诗人啊?马自达想了想,说,我会用行动证明的。

让文黎明没有想到的是,马自达的诗居然会在《山花》上

106

刊出。《山花》是县里文化馆办的,油印成册的杂志。一个初中生,能在《山花》上刊登诗歌,在镇上是从未有过的。据说是庆国老师向《山花》编辑老师推荐的。当刊有马自达诗歌的《山花》在文学社传阅时,看到作者确实就是马自达,文黎明只觉得眼前一片闪亮,瞬间就呆住了。文黎明也曾梦想着自己的文章能在《山花》上刊出,不承想马自达就这么突然地把他的梦想实现了。文黎明终于明白,有些事情,就是这样没有道理可讲的。

不过,哪怕是在《山花》上发表诗歌,对于马自达来说,似乎也太迟了点。此前,马自达已经用行动向武冬梅证明了。而因为这次行动,马自达被学校记过,还被罚退出文学社。

是这样的:那天中午下课后,武冬梅凑上来跟文黎明说,马自达是不是癫了?文黎明说,怎么了?武冬梅说,他在路上拦着我,说他是诗人。文黎明说,你还不相信啊,他真会写诗。武冬梅说,他会写诗,关我什么事啊?文黎明说,你不喜欢诗人?武冬梅说,我为什么要喜欢诗人啊?对啊,谁说武冬梅要喜欢诗人啊。想到这里,文黎明愣住了,不知该说什么好。还是武冬梅接下来说,你跟马自达说,如果下次再这样的话,就别怪我不客气了。

而当文黎明把武冬梅的意思转告马自达后,马自达连说了好几句"有意思",然后又让文黎明给武冬梅送了一封信。武冬梅看了信后,居然笑了,对文黎明说,你对马自达说,老娘接受了。文黎明还以为武冬梅接受了马自达,趁午饭时就把这个消息告诉了马自达。看着马自达得意扬扬的样子,文黎明兴奋之余,竟莫名心酸了一下。文黎明是后来才知道,这封信居然是一封挑战书。

挑战是在学校后山的稻田里进行的。武冬梅接受了挑战,还叫上姐妹团为她呐喊助威。姐妹团有人把这消息泄露了出去,结果学校里不少人都知道了,特别是他们两个班级的同学。文黎明是少数几个不知道的。他知道的时候,结果已经出来了。

还是马自达跟他说的。挑战就是比武,马自达说他要用武冬梅拿手的本领打败武冬梅,让她心服口服。一开始,武冬梅凭借学过来的花架子,确实让他吃了点亏,但很快,男人的体力优势就发挥了作用,他从背后抱住了武冬梅,让她无法动弹。这时候,他只要坚持住再加把劲,武冬梅就只能乖乖投降了。不过就在这个时候,看武冬梅挣扎得鼻孔里的鼻涕都冒泡了,忽然觉得赢了没有意思,马自达就松了手,最终被武冬梅一个背摔在地,干脆就躺着不起来了。

当然,文黎明也有听其他同学说起,不一样的是,武冬梅成了身手不凡的侠女,出手如何漂亮,打得马自达屁滚尿流,就差跪下来磕头求饶了。但无论怎样说,这都不影响结果,马自达输了。根据约定,如果马自达赢了,武冬梅就同意做马自达的马子,输了,就只能滚蛋。而马自达也信守约定,此后没有再去打扰武冬梅了。

本来这事也就过去了,没想到这田边有一块地,是附近村民的菜地,田里的稻谷早已收割,菜地却刚种了菜苗,结果被围观的同学踩得一塌糊涂。村民向学校反映后,学校追究起来,以聚众滋事、严重干扰教学秩序的理由,给了马自达记过处分,武冬梅也得了个警告。

文黎明也问过马自达,怎么突然就对武冬梅没意思了呢?马自达说,没意思就是没意思了,就像饿了就是饿了,饱了就是饱了,哪有那么多理由。文黎明想了想,又问道,那为了没意思的事,被学校处分,有没有后悔?马自达说,没意思也是有意思的,你说我后悔还是不后悔啊?文黎明一脸愕然。马自达做的事、说的话,总是会出乎他的意料。当然,相对于他后来听到的马自达跟校长女儿私奔的消息,这并不算什么。

三

文黎明忽然发现自己长毛了。

那已经是初三的时候,文黎明首先发现的,是脚拇指上不知什么时候竟长出了几根细长的黑毛,虽说没那么扎眼,样子却不大雅观。文黎明老是想着去拔掉,一扯却痛得厉害。很快,文黎明又发现,自己的下身也长毛了,比脚拇指上的更长、更粗、更多,且还带着卷。

　　文黎明觉得看着有点丑陋,却也不免有点兴奋,知道那是发育了。晚上,他做了一个梦,梦见一个没有穿衣服的裸体女人,忽然钻进被窝里,抱住了他。起先他看到的是冯小娟的样子,贴住了,却成了武冬梅。文黎明想到那波浪般起伏的胸,蓬勃的身体终于忍不住释放了出来,再一看,竟成了马自达。

　　文黎明顿时惊醒了过来,发现下身一片湿凉。还以为是尿床,试探着用手指头摸了摸,黏糊糊的。想了想,觉得这应该就是所谓的梦遗。但梦里马自达的出现,还是让文黎明忐忑难安。那个晚上,文黎明就在黑暗中瞪着眼睛,一动不动,直到不知什么时候再次睡去。而等他再次醒来后,天色已经大亮,寝室里也没其他人了,上初中那么久,文黎明第一次迟到了。

　　为了能有更多的时间学习,文向东让文黎明住校了。马自达也买了辆二手的自行车,两人来往自然也就少了。有较长一段时间,大概有两三个星期吧,文黎明都没见着马自达。

文黎明便总觉得心里痒痒的,盼着马自达会忽然出现在面前。其实,文黎明跟马自达只隔一个教室,下课时从走廊走过去就能找着马自达,但文黎明不愿意这样做,或者说,他不敢这么做。文黎明也说不出是什么原因,他只是觉得,男人怎么能想着见男人呢。

文黎明终于还是听到了马自达的消息:马自达跟徐校长的女儿私奔了!听到后桌同学的议论,文黎明愣坐在位置上,老半天也没回过神。马自达搞出什么事来他都不觉得奇怪,但想不到会搞出这样的事来。徐校长的女儿,文黎明也是认识的,叫徐丽娜,比文黎明低一年级,也是文学社的成员,看起来文文静静的。文黎明也是听别人说起,才知道她的身份的。

文黎明想不明白,徐丽娜怎么会跟马自达私奔了呢?难道因为马自达是诗人?事情传得沸沸扬扬,不过很快,班主任就在课堂上要求,最近关于学校的一些风言风语,同学们不能乱传乱说。文黎明也是后来才知道,事情是真的,马自达居然带着徐丽娜跑到了温州,跟着还准备扒上北上的火车。徐校长吓得够呛,不过校长毕竟是校长,最后还是通过关系,报案让警察把两人给拦截了回来。据说警方本来是要给马自达定罪的,在马万顷的苦苦哀求下,加上徐校长也不想把事情闹大,关了几天后,就把马自达给放了。不过马自达还是被学校开除了,并写了保证书,保证不与徐丽娜来往。徐丽娜则听说是转学到了县城的一所中学。

文黎明再次见到马自达,已是两年后的事了。文黎明初中毕业后考上了中师,在瑞平师范读书。那天是星期六,午觉醒来还赖在床上,文黎明就听到寝室门口有敲门声响起,起身探头一看,就看到一个穿着身牛仔服、留着披肩长发的瘦高男子问,文黎明是不是在这里?文黎明一时没认出是谁,从床上下来,说道,我是文黎明,你是谁啊?那男人看着文黎明,用手甩了下头发,哈哈一笑,说,我是马自达啊,你连我也不认识了?文黎明仔细一看,还真有马自达的模样,只是长高了不少,也成熟了许多。不由得讪笑了起来,说,马自达,你怎么找到这里的?

一番交谈后才知道,马自达是来学校见笔友的,早听说文黎明也在这个学校里,就先来找他了。那时候流行交笔友,文黎明也交了个杭州那边的笔友,只是没有马自达这样的胆气,会赶去见对方。知道姓名与班级后,文黎明就带着马自达,到女生宿舍楼下,以老同学的名义,让阿姨把那个叫胡晶晶的笔友叫下楼来。胡晶晶个子不高,身材却也不赖,凹凸有致的,穿着身白色碎花连衣裙,长着一张娃娃脸,眼睛大大的,刚见着两人似乎有点意外,但也不害羞,寒暄几句后,确认了各自的身份,就大大咧咧地领着两人走出宿舍楼在操场上转起圈来。倒是两个男生显得有点腼腆,文黎明的腼腆是从骨子里冒出来的,而马自达的腼腆,就让文黎明意外了。马自达跟在胡晶晶的后面,文黎明则跟在马自达的后面。胡晶晶不停地说着学校的事,马自达不时应和几句,气势压得低低的,跟两人的身高形成了强烈的反差。直到胡晶晶扯起诗歌的话题。

转到操场的一角,远离了篮球场地,也就安静了下来,胡晶晶转过身,抬眼看着马自达,倒走着,问道:"信里的那些诗,都是你写的?"

"你不相信?"马自达仰起头,甩了甩头发。

"好吧,我相信。"胡晶晶眨了眨眼睛,又抿了抿嘴唇,接着又问道,"你,真的是在流浪吗?"

"是啊,不信,你可以问他。"马自达又甩了一下头发,眼睛看向了文黎明。

"对对对,他初中还没有毕业,就出去流浪了。"文黎明忙帮着解释。

"诗与远方,好浪漫啊,我也好想去流浪耶。"胡晶晶感慨着,又转过身子,向前跑去。

两人看着胡晶晶的样子,相互对视了一下,也跟着跑了起来。沿着操场跑道差不多跑了两圈,文黎明就感觉腿酸得不行,喘着粗气,一只手叉着腰,慢了下来。他没有想到胡晶晶这么能跑,就像是一只野猫,呼呼地向前蹦着。也许是注意到了文黎明的样子,胡晶晶及时收住了脚步。马自达跑在文黎明的前面,也跟着停了下来,弯着腰,双手搭在膝盖上,明显也是不行了。

胡晶晶脸色潮红,胸部起伏着,看着两人的样子,说,还跑不?两人不约而同地摇了摇头,然后三人又相互瞄了瞄,忍不住都哈哈大笑起来。过后才知道,胡晶晶曾得过学校八百米跑冠军。而这么一笑,三人顿时亲近了起来,像是老朋友一般,也不见外了,言语间自然轻松了起来,还相约一起去外面吃饭。

说是吃饭,不过到了外面,其实都会喝点酒的。在瑞平师范里,以前也有同学叫过文黎明,不过都被文黎明推掉了。文黎明家境也不算差,去外面吃一两次也是吃得起的,只是他觉得没意思,特别是喝酒,想想就头疼。不过这次,当胡晶晶提议去外面吃饭时,虽然看起来时间还早,文黎明嘴里还没说什么,脚板却已经痒起来了。

饭店也是胡晶晶找的,说是同学推荐的,那里味道不错,价格也实惠。从学校里出来,逛了老远,终于在一条路巷里,找到了那家"姐妹儿饭店"。店面不大,玻璃门上贴着爆炒螺蛳、酸辣土豆丝等红纸菜单,推门进入,就看到柜台里有两个三十来岁的老娘客在闲谈,见有客人来了,胖一点的那个就迎过来热情招呼。胡晶晶说,老板娘,你这里小包间还有否?胖女人说,还有哪,姑娘,你想吃啥?胡晶晶抬眼看了看马自达,说,你是客人,你来点吧。马自达说,女士优先,还是你来吧。胡晶晶说,行,那我就不客气了。

小包间设在二楼,是用人造板隔出来的,中间摆了张小圆桌,三个人坐在里面还是显宽裕的。文黎明是第一次在这样的包间里吃饭——当然,准确地说,是喝酒。胡晶晶让老板娘上了六瓶白鹿城啤酒,菜还没上来,便先开了一瓶,砰的一声,白色的泡沫就冒出来了。她先递给了马自达,马自达赶紧拿着往碗里倒去。又给文黎明开了一瓶,文黎明连忙摆手,说,我不会喝酒。胡晶晶说,放心吧,这是啤酒,女孩子都喝不醉呢。接着,又给自己开了一瓶。

看马自达倒了满满的一碗,文黎明也小心翼翼地给自己倒了小半碗,看着泡沫慢慢消散,端起来抿了一小口,凉凉的,却有点苦味,不由得皱起了眉头。胡晶晶笑了起来,说,啤酒不是这么喝的。她给自己倒了一碗,端了起来,又瞄了瞄马自达。马自达没说什么,也端起碗,咕噜噜地就灌了下去,然后把碗往桌子上一放,只见就剩碗底一丝泡沫了。

酸辣土豆丝已经上来了,文黎明夹了一口,有一片辣椒贴在了喉咙里,顿时辣得眼泪直冒,狠了狠心,也端起碗来,咕噜噜地就往喉咙里灌了下去。在一阵剧烈的咳嗽后,文黎明终于缓了下来。这是文黎明第一次喝啤酒,也是文黎明第一次喝酒。凡事总是有第一次的,不过文黎明没想到第一次喝酒会是这样的滋味。怎么说呢?文黎明也说不上来,只觉得一个饱嗝从胃里蹿上来,脸不由得就滚烫起来了。

喝着喝着,马自达就话多了起来。文黎明觉得,这才是马自达原来的样子。马自达说起了他的流浪见闻,说这两年来,他去过不少地方,经历了不少事,还遇到了不少诗人。而说起诗人,胡晶晶就托着腮帮看着马自达不说话了。文黎明说,那你都见过谁啊?马自达说,红枣你听说过吗?见文黎明摇头,马自达又说道,特牛的一位诗人,我听过他的演讲,在一个大教室里,连走廊上都挤满了人,真是太疯狂了,我在走廊外面听着,就光听到掌声和叫好声了,更夸张的是,还有人在他面前跪下来叩拜,那感觉就是神在接受信徒膜拜啊。讲完后,就被听众团团围着,最后没办法还是跳窗户才脱身的。当时,我就站在那窗户边,看到他站在窗台上紧张得不敢跳下去,还是我过去把他背下去的。

文黎明没听过红枣,自然听着也没什么特别的感觉,便忍不住问道,那顾城你见过吗?进入师范学校后,文黎明忽然觉得汪国真的诗不那么吸引人了。记得有一次读到顾城诗中那句"黑夜给了我黑色的眼睛,我却用它寻找光明",心就像被狠狠地刺了一下,这种感觉是他读汪国真的诗时从未有过的。汪国真的诗曾经给过他激动,给过他振奋,但又似乎不是他内心真正渴望的。而顾城的诗却钻入他的内心,钻进那个隐秘的黑暗世界……

"顾城啊,我有见过他的朋友。"马自达接着说,"那个朋友也是个诗人,他说顾城是一个怪人,一般不跟人交往,但跟他关系不错,本来是要介绍给我认识的,可惜当时顾城刚刚出国去了。"听马自达这么说,文黎明不由得惋惜起来,也不知道该说些什么,端起酒来,深深啜了一口。

不得不说,马自达的见闻还是让文黎明羡慕的。能考上中师,文黎明对自己也算是满意的,却在内心深处,又不愿意像父亲那样,在村子里教一辈子的书,虽说教师也算是铁饭碗,但到底还是少了点什么,或许,那就是他在马自达身上看到的……

"你们知道海子吗?"说着说着,马自达说到了海子。他说到海子的时候,给自己倒满了,端起就一口闷了。接着抬手抹了抹嘴唇,声音哽咽了起来,说,不管怎么样,他都是我最喜欢的诗人,一位把自己的生命献给了诗歌的诗人,这才是真正纯粹的诗人。文黎明那时候还不大知道海子，头也有点晕乎乎了，就问道，孩子，谁的孩子？马自达忽然站了起来，甩了下头发，悠悠说道，面朝大海，春暖花开，海子，当然是大海的孩子了。

说完，打了个饱嗝，身子一晃，转身走出了小包间。文黎明还以为马自达是上厕所去了，他自己也憋得慌，就想着等马自达方便回来自己再去。没一会儿，便听到有人大喊大叫起来，隐约是马自达的声音。文黎明与胡晶晶对视一眼，急忙站起来循声找了过去，发现马自达站在走廊那一头的窗户口，脑袋往外探着，嘴里在喊着什么。

胡晶晶跑在文黎明前面，举手拍了拍马自达的肩膀，估计是怕马自达有什么想不开的，还好马自达很快就回过身来，对着胡晶晶说道，你看，从窗户外可以看见大海啊。胡晶晶挤过去看了看，说，那不是大海，那是飞云江。马自达说，飞云江有那么宽吗？胡晶晶说，快到入海口了，当然宽了。马自达说，那不就是海吗？诗人就是大海的孩子，好想跳下去拥抱大海啊。胡晶晶说，这下面是马路，你想摔死啊。马自达说，行，那我不跳了。胡晶晶用手捶了下马自达的胸口，说，你吓死我了。

回到小包间，等桌上的酒喝完，菜也吃得差不多了，算是酒足菜饱了。六瓶白鹿城，胡晶晶喝了两瓶，马自达喝了三瓶,文黎明只喝了一瓶。在楼下柜台前,三人争着买单,最终还是马自达人高马大抢着把钱付了。

喝得都有些上头了,三人在街上晃着,夜色已经晕开了,街上一片灯光。看到路边一热闹处,聚着几个人头,三人凑了过去,原来是一录像厅。门口处摆着一张课桌,也不知是从哪里搬过来的,桌后坐着一个四五十岁的中年男子,戴着副眼镜,颇有几分老师的模样。桌子上放着几个录像盒,边上还挂着一个黑板,上面写着今晚录像啥啥啥的。

那时录像厅还是新鲜场所,放的都是港台的片子。文黎明此前从未进录像厅看过录像,心里自然是有几分期待的,又觉得看录像不是很好的事情,正忐忑着,就听到胡晶晶叫了起来,哇,黎明,是黎明领衔主演耶。马自达看了眼文黎明,说,黎明,要不要进去看黎明?文黎明红着脸,说,看就看,谁怕谁呢。胡晶晶说,好,晚上看录像我买单,谁都别跟我抢啊。

录像厅生意很不错,分里外两间,外间差不多坐满了,到了里间才找着合适的位置坐下来,一张长木凳上,三人并排,文黎明坐这头,马自达坐那头,胡晶晶就坐在中间位置。片子确实好看,文黎明原先看的都是内地(大陆)电影,电视剧倒是看过《射雕英雄传》,但相对而言,无论情节还是台词,都是规规矩矩的,没想到录像片会这么放得开,不由得心怦怦跳,着实是开了眼界。

一部片子放完了,接着又放第二部片子。看着看着,味道就不对了,第一部片子里也有男女亲热的画面,但到关键时刻就会被撞破或跳过,没承想第二部随着配乐暧昧起来,亲热的画面竟继续了下去。当看到女人露出胸前两点时,文黎明脑子嗡的一声,觉得整个身子都涨了起来,随时要爆炸了。

好不容易挨到亲热的镜头过去,文黎明终于缓了口气,斜眼瞄了瞄身边的胡晶晶,亮光闪烁中,她的脸似乎是红彤彤的。文黎明觉得大腿边上一片湿漉漉的,不敢再瞄,只能直勾勾地看着录像。不一会儿,文黎明感觉画面气氛又不对了,下面又不由自主地涨了起来,实在是憋不住了,便站了起来,猫着腰从录像厅溜了出去,见路巷边有写着公厕的字样,急忙找了过去,在公厕的蹲位上站了许久,才放松了下来。

从公厕里出来,文黎明抹着额头,想着把录像里的那种镜头给抹出去,又想到自己从位置上起来时,似乎瞄见马自达的一只手贴在胡晶晶的屁股后面,觉得自己再去录像厅就显得有点多余了。忽然又想起,学校大门晚上十点前要关闭,急忙向学校方向跑了过去。

文黎明再次看到马自达的时候,已是周一的中午了。文黎明下课回来,正准备去吃午饭,却发现自己床上多了一个人,掀开被子一看,竟是马自达。他问马自达要不要吃午饭,马自达说,我要睡觉,你自己吃自己的吧。到了晚饭后,马自达还在睡觉,文黎明不好轰人家起来,一开始还熬着,实在熬不住了,也只能在另一头侧着身子躺了下来。还好,这几天寝室里都没有来查夜的。

马自达是第二天早上走的,至于什么时候走的,文黎明也不大确定。文黎明第二天上完课回来后,马自达就不见了。此后,在瑞平师范读书的日子里,文黎明就再也没见到马自达了。

至于胡晶晶,文黎明还是偶有遇见的,有时候是在食堂,有时候是在路上。但不知为何,两人都似乎要躲着对方,对下眼就远远避开了。直到快毕业了,文黎明忽然很想去看一场录像。这种想法,文黎明也说不清是为了什么,那爪子挠在心里,怎么忍也忍不住了。

一个人来到录像厅门口,文黎明也不管放什么片子,就买票进去了。录像已经在播放了,昏暗中,往里找了原先大致的位置,恰还有空位,就坐了过去。文黎明松了口气,不由自主地瞥了眼身侧,一张圆脸在光影中闪烁着,像是胡晶晶的样子。

录像里打打杀杀的,文黎明又不由得往身侧瞟了几眼,身侧的女生似乎也发现了,转眼看了过来,文黎明才发现,对方不是胡晶晶。女生只是侧脸跟胡晶晶像,正面看还是有差别的。

文黎明盯着录像,脑子里却全是上一次三人看录像时的场景,一颗心怦怦跳跃着,害怕那种镜头再次出现,却又掩饰不住那种期盼的感觉。

不知什么时候,录像里出现了阴风吹起的恐怖画面,音乐却暧昧了起来,睡在床上的女人的睡衣忽然被解开了,看不到手,却露出了胸前两点,然后就是喘息的声音响起……

文黎明忽然想起了马自达,又不由得侧眼瞄了瞄身边的女生,发现有一只手贴在那女生屁股后面。文黎明脑子一嗡,只觉得下身一阵阵憋得慌,赶紧站起来溜了出去。

还是在公厕里,文黎明才慢慢放松了下来。走出公厕后,他像上次一样,没有再回到录像厅。不过,这次他没有担心学校大门会关闭,也没有马上回寝室去,而是漫无目的地走进黑暗之中……

四

毕业后,文黎明被分配到末垟乡校当老师。

末垟乡是山头地,说是乡,其实比问溪村还要偏僻,全乡八个行政村总共人口只有两三千人,学校规模跟问溪村校也差不了多少。

末垟乡校就在垟头村——乡政府所在地,总共有十来个教师,有一半是本地的,其中好些还是代课教师。跟文黎明年纪相仿的,也有三四个,只是像隔了什么似的,说不到一块去。文黎明到了末垟乡校后,学校安排给他一个单人房间,条件虽然简陋些,倒也住得自在。乡校到问溪村没有班车,走路有十五六里,文黎明咬咬牙,买了辆轻骑摩托车,这样回家就方便多了。

当然,文黎明不是每天都回家,通常都是周末才回去一趟,平时上完课了,就是备课、批改作业,日子还是充实的。开始是教语文,又兼了美术,满怀着一腔热情,想把这里的孩子教好,没料到现实与理想还是有很大差距的。他教的是三、四年级两个班,正好顶了上学期刚调走的一个老师的课,小测试一摸底,九十分以上零个,六十分以下倒是有一大把。铆足了劲,期中考试成绩一出来,虽说有点小起色,但离他的要求还是差了一大截。待期末考试成绩出来后,文黎明心态就好了许多,一个深呼吸后,那个晚上居然没有失眠。

在末垟乡校,晚上没课时,同事们喜欢搓麻将,叫了文黎明几次,都被他以不会搓、搓不会的理由给拒绝了。批了作业,备完课后,一个人在房间待着无聊时,脑子里若还东想西想的,文黎明也会试着写点什么。

文黎明知道自己不是诗人,但还是喜欢写一些诗歌,他拿起笔的时候,往往会不由自主地想起马自达。他已经有很长时间没有见过马自达了。这两年来,他也有问过马万顷,马万顷直摇头,说,这个流浪子,你弗问哪,我也好几年没看见了,就当他死了吧。文黎明不敢再问,却又不免渴望着什么时候能见着马自达,特别是他想写诗的时候。

文黎明还买了一个传呼机。其实,文黎明并不想有人找他,他的传呼号码除了在学校办公室做了登记,都没跟人讲过。文黎明也曾想过,自己为什么要买个传呼机。显然不是为了赶潮流,他只是隐隐觉得,应该而且必须买个传呼机。

文黎明把传呼机别在腰间,不像其他几个年轻同事,时常会听到嘀嘀声响起,然后就噔噔噔地跑去回电话。学校有台电话机是在校长室里的,不过私事的话,年轻老师还是会跑到学校对面的小卖部回电话。

文黎明第一次回电话,也是跑到学校对面小卖部那儿回的。还是上课期间,腰间忽然嘀嘀嘀地响了起来。此前,文黎明的传呼机一直都沉默着,他已经忘了上课时应该把它调成震动,所以当腰间传呼机响起时,便愣住了,等他想起一阵手忙脚乱后,才把声音给按掉。下课后跑到小卖部回了电话,那边传来的是一个女人的声音,劈头就给他来了一句:你是不是不想理我了?

文黎明有点蒙,说,你打错号码了。对方没说话,接着就是挂断电话的嘀嘀声响。文黎明觉得这个声音似曾相识,一时又想不起来。而让文黎明没有想到的是,晚上传呼机又嘀嘀响起来了,一看号码,还是原来那个。他不想回过去,就在房间里徘徊,却还是忍不住走了出去,路过校长办公室,无意扭了下门锁,门竟直接开了。月光下,隐隐约约摸了进去,看着眼前的电话机,文黎明还是没忍住把那号码拨了出去。

还是白天女人的声音,女人说,你能跟我说说话吗?文黎明说,你想说什么?女人说,我也不知道,你们男人是不是都那样。文黎明说,什么那样?女人说,你是真不知道,还是假不知道。文黎明说,我是真不知道啊。女人说,你多大啦?文黎明说,我都二十多了。女人笑了起来,说,那你应该叫我姐了。

女人又问起了文黎明的职业,文黎明也没瞒着。聊着聊着,不知怎么就说到了诗歌。女人说,你们老师,都会写诗吧?文黎明说,那也不一定,诗歌不是谁都能写的。女人说,那你会写诗吗?文黎明想了想,说,不会。女人说,你真的不会?文黎明说,真的。女人说,那就好,我最讨厌写诗的男人。文黎明说,为什么?女人说,我前男友就是诗人。

说到诗人,文黎明就不由得想到了马自达。这个女人的前男友会不会就是马自达?对于马自达来说,一切都是有可能的。又忽然想起,这女人的声音跟胡晶晶还是蛮相似的。当然,文黎明知道对方不可能是胡晶晶,更不好意思追问,就撇开话题聊了一通。说到后来,女人问文黎明有没有女朋友,文黎明说没有。女人又问他有没有谈过恋爱,文黎明想了想,说没有。女人似乎有点讶异,说,你不会还是处男吧?文黎明顿时脸热了起来,想到学校的电话不能打太久,就以有急事为由挂了电话。

之后的几个晚上,女人几乎都会在这个时间点打来传呼。校长办公室大概是反锁坏了,每次都可以扭进去,文黎明觉得这样不是很好,也犹豫了很久。女人呢,喜欢跟他吐槽男人的不是,文黎明通常是应和着,偶尔也会发点工作上的牢骚。只是女人说着说着,便会冒出让文黎明脸上火辣的话来,文黎明也试着回避,三两次后,却发现自己也有点上头了。到了晚上,就盼着传呼机响起,挂了电话后,又觉得意犹未尽,得在走廊上把自己晾凉了,才好进入房间睡觉。

大概是一个星期后,校长召集老师开会,特意提到了电话的事,说电话费比上个月多了不少,看来电话也谈恋爱了。又语重心长地说道,学校电话不是不能打,但最好不要闲聊。文黎明听了脸上火辣辣的,坐在位置上,感觉大家的眼睛都在看着他,恨不得把脑袋钻到办公的课桌里。

到了晚上,正在文黎明纠结时,传呼机又响起来了。看小卖部那边早已熄灯了,文黎明只好作罢。不自觉地从房间里走了出来,路过校长办公室,文黎明顺手扭了下门,发现已经被反锁了。其实文黎明也暗自下了决心,就是门开着,他也不会进去了。文黎明后来还发现,校长办公室的电话也上锁了,要打电话,得跟办公室主任拿钥匙。

那个晚上,文黎明的传呼机又响了一次,是文黎明躺在床上的时候。文黎明看了看,还是同样的号码。文黎明辗转着,竟然失眠了。第二天早上上课的时候,文黎明的传呼机又响了,他连忙按了,想了想,把传呼机关了。

整个白天,到了夜晚,文黎明都想着是不是要打开传呼机,是不是要给对方回个电话,但最终,文黎明还是忍住了。文黎明觉得,这打电话就像是毒瘾,得戒了。

学校后山有一山岭,叫通天岭,当然不是通到天上去的,尽头是一处悬崖,看上去像是石头垒上去的,就是村民口里说的仙叠岩。村民们还说,老早时候,吕洞宾想在这里造路通到南天门,用法术把石头化作小猪往上赶,结果到仙叠岩处,就被一担柴人撞破了,结果小猪变成石头,半途而废了。

自从文黎明把传呼机关了后,他就迷上了爬通天岭。下午放学时,一般只有三四点钟,几个男老师喜欢打会儿篮球,文黎明则一个人往山岭爬去,大概半个小时就到仙叠岩了。

仙叠岩前有处岩皮坦,站在上面,下面是悬崖深渊,对面则是一片茫茫大山,经常有云雾笼罩着,让人双脚一阵阵颤抖。等粗气喘得慢慢平缓下来,文黎明的胸中便生出了诗意,那是一种飞翔的感觉。文黎明知道自己不是神仙,不能从悬崖上飞上去,但胸中的诗意,是不需要翅膀的。闭上眼睛,山风呜呜,像是在吟诗,而自己仿佛也成了一个诗人。

文黎明没想到,自己会在仙叠岩见到马自达。那天文黎明正在仙叠岩岩皮坦上闭目遐想,忽然觉得后脑勺一阵阵发麻,扭过头,却发现是一个男人站在他身后。长发过耳,西装革履,领带扯在一边,喘着粗气。一只手撑着腿,另一只手还拿着个大哥大。

"文黎明,你失恋了?"男人一开口,文黎明就知道他是谁了。

"马自达,你怎么找到这里的?"文黎明已经好多年没见过马自达了,一时百感交集。一番交谈后才得知,马自达先是找到了学校,又问了号码,给他打了好几个传呼没见回,最终是凭着感觉找到这里的。文黎明不大相信,说,你的感觉比狗鼻子还灵敏啊?马自达说,你还别说,我站在学校操场上四处瞄了一圈,就知道你会在这里。

回去的路上,文黎明也慢慢知道马自达为啥会来末垟乡了,不是为了找他,而是想在这里做一番事业。

在问溪村,人们习惯把末垟乡这一带称为山里。山里的腌菜是非常有特色的,有腌笋干、腌山蕨、腌萝卜等。问溪村也有人会腌,但味道和产量,都跟山里没法相比。马自达的想法就是,在山里办个山货加工厂,包装后,卖到城里去。他曾在城里见过这样的包装食品,但味道还比不上山里的。何况,他也算过成本,做好了肯定能赚大钱。

终于明白马自达的想法后,文黎明脑子一时还没转过来,迷糊了好一阵子,才说道,你不想当诗人了?马自达哈哈一笑,说,啥诗人,跟你说,全是假的。文黎明说,诗人还有假的?马自达说,这几年,我算是看明白了,哪有什么诗人,全是生意。

见文黎明不可置信,马自达便讲了自己的故事,说自己曾遇上一个诗人,是个诗歌刊物的编辑,对方号称像热爱爱情一样热爱诗歌,编辑稿子只看质量不看人情。马自达称他为老师,对他尊重有加,还会把自己写的诗寄给他,虽从未有发表,但也只是觉得自己水平不够而已,没想到,这个编辑居然发了一个女诗人的诗,这个女诗人除了长得有几分姿色,诗写得就像狗屎一样。一开始马自达还以为是编辑看走眼了,后来才发现,是两人睡在了一起。在那个瞬间,马自达忽然觉得,诗人是肮脏的,他不想再当诗人了。

风隐归溪

　　文黎明也表示了质疑,说,男编辑跟女诗人的事是你亲眼见的吗?马自达说,那当然了,不瞒你说,那个所谓的女诗人以前跟我好过。文黎明说,哦,难怪了。马自达说,不相信,你可以看看她写的诗,真的很臭。文黎明想了想,又忍不住问道,胡晶晶后来你还有联系吗?马自达说,胡晶晶啊,你不说我差点忘了,我们已经很久没联系了。文黎明心里咯噔了一下,沉默许久,把这个话题跳了过去。

　　文黎明的宿舍,虽说是一个人睡的,床却是上下铺。大概以前是给两个人准备的。马自达要搞的项目说起来轻巧,做起来却不是一时半刻那么简单。于是,马自达就毫不客气地在文黎明的宿舍里住了下来。

　　自从马自达住下来后,宿舍里也就热闹起来了。马自达说这几年自己赚了不少钱,但文黎明也只见他这一身行头,没见着钱多少的样子。不过文黎明并没有太过关心这些,一开始他只是担心,马自达跟他住在一起,万一学校知道了有意见怎么办。

　　没过几天,文黎明就发现,乡里有个姑娘老往这里跑。了解后才知道,这姑娘叫叶晓芳,是坪头村村主任的女儿,在乡政府做临时工。当然,叶晓芳到这里来,显然不是为了文黎明,而马自达要想在这里搞加工厂,就必须跟这里的村主任搞好关系。也不知马自达用了什么办法,三两下就把叶晓芳给勾过来了。

开始的时候,叶晓芳还会带个闺密过来,叫刘娟燕,是乡校的代课老师。文黎明自然相熟,只是之前没什么来往,平时遇见了,也就点头打个招呼什么的,但过来玩过一两次后,感觉就不一样了。

文黎明也知道,叶晓芳是冲着马自达来的。她们第一次到宿舍来时,文黎明见着两个姑娘,也不懂得怎么招呼。马自达说四个人,正好可以打扑克,就让文黎明去小卖部买扑克。叶晓芳说她家里有扑克,买了浪费,自己去拿过来就是了。说着,就转回去拿扑克了。

四人玩的是"红五",这是当时流行的一种玩法。文黎明只会"四十分",马自达教了一番,玩法也大致类似,文黎明就有点领会了。马自达与叶晓芳一家,文黎明与刘娟燕一家,马自达明显技高一筹,级别步步高升,乐得叶晓芳笑个不停。文黎明刚刚上手,难免出错,刘娟燕也不责怪,一副输得心安理得的样子,不时还露出笑容来。

文黎明忽然觉得,刘娟燕虽说穿着有点土相,相貌却是耐看的,特别是笑起来的时候,露出两颗虎牙,他心里便不由得颤了颤。

一开始打牌也没赌注,就图个消遣,后来有一次玩得迟了,大概肚子饿了,想着弄夜宵吃,文黎明这里粉干是有的,少了青菜,马自达就建议,谁输了谁就去偷菜。文黎明说这不好吧,但在马自达与叶晓芳一番起哄后,看刘娟燕也在一边看好戏的意思,就硬着头皮答应了。

结果也没悬念,文黎明与刘娟燕输了。愿赌服输,输了自然得去偷菜。学校不远处有个地方叫棺材湾,据说以前是村民搭棺材寮放棺材的,现在成了村民种菜的地方。两人摸着往那个地方过去,虽然文黎明打着小手电,但心里也不禁一阵阵发毛。刘娟燕是本地人,心里害怕就更不用说了,一个跟跄,身体便往文黎明那边靠过去,路上也没说啥话,到菜地拔了棵大白菜后,文黎明想了想,还是从兜里摸出个一元硬币,放在土坑里。

回去的路上,山风刮得有点凉,文黎明却觉得脸上一阵阵发烫。刘娟燕在边上紧跟着,文黎明的肩膀不时能撞着刘娟燕柔软的身体,也不知是哪个部位,更让文黎明想入非非。到宿舍外走廊了,两人也不敢放声,轻手轻脚的,推开门,便见马自达与叶晓芳脸对脸地黏在一起,大概是听到开门声,叶晓芳的脸瞬间弹了开来,日光灯下,明显是通红的。

文黎明心里咯噔一下,自己与刘娟燕也是做贼心虚,便当没看到似的,说菜偷回来了。接着几人就忙碌起夜宵了。那夜后,四人也还会打牌,却很少打那么迟了,大概一轮升级后,心领神会似的,马自达便扯着叶晓芳离开了。有时,半夜才摸回来,后来,连睡觉也不回来了。

五

马自达与叶晓芳谈恋爱的消息很快就在垟头传开了,两人也遇到了不少麻烦。

叶晓芳在垟头村也算是一枝花了,再加上是村主任的女儿,追她的人自然是少不了的。当得知叶晓芳与马自达好上时,便有不甘心的,找上了马自达。

马自达是外乡人,垟头村村尾的刘光明就带着几个青年人把马自达堵在一条路巷里,要马自达马上滚蛋,否则就要他好看。马自达不想得罪人,腆着笑脸说,兄弟,我是来求财的,有得罪之处,还望告知。刘光明说,既然是来求财的,那就离叶晓芳远点。本着好汉不吃眼前亏的想法,马自达不仅口头答应了,还刻意避着不见叶晓芳。

夜里马自达回到宿舍躺在床上,对文黎明说,如果晓芳找我,就说我不在。然后蒙头就睡。过了一阵子,叶晓芳果然找来了,敲了敲门,问马自达在不在。马自达不吱声,文黎明只好说马自达不在这里,自己已经睡下了。第二天文黎明去上课,马自达又强调说,如果晓芳问起,你就说没见过我。第二节课下课,叶晓芳又跑过来问马自达的消息,文黎明不擅长撒谎,支支吾吾地说没看见。当然,叶晓芳到底还是找着了马自达,还知道了刘光明找碴的事。

叶晓芳爆发了,把刘光明训得抬不起头,说自己与马自达是真心相爱,拜托不要死皮赖脸来搞破坏了。末了还忍不住撂下一句话,有本事就按山里的规矩来,以多欺少算什么男人呢。

文黎明是后来才知道山里规矩的。他来末垟乡也有些日子了,但由于性格比较独,对山里的风俗习惯确实了解不多。直到刘光明半夜被嚷嚷着抬到乡卫生院后,才知道山里规矩还可以是这样的。

所谓文比山歌武比酒,山里虽然偏僻,男女之事却比一般大地方还要开放些,长期以来还形成了自己的规矩。譬如两个男人争一个女人,双方又各不相让,那就可以由女方主持比个输赢。主要途径有两个,文明点就比对山歌,野蛮点就比喝酒。

刘光明自恃酒量还可以,在村里有个绰号叫"一缸清",就提出与马自达比酒。按山里的规矩,不接受挑战的就要退出,不过接受挑战时,女方可以定酒具,有喝白酒的酒杯、喝红酒的碗,还有更大的碗魁。叶晓芳给马自达挑的是酒杯,给刘光明挑的是碗魁,一酒杯对一碗魁,明摆着就是让刘光明知难而退。没想到被马自达给拒绝了,马自达说,要斗就公平决斗,你用碗魁,我也用碗魁。把叶晓芳气得,差点就把桌脚给踢折了。

接连五碗魁红酒下肚,带来的一缸酒都喝了大半,刘光明终于顶不住了,勉强再喝了大半碗魁,就再也忍不住一大口喷了出来。回去折腾到大半夜还是被送到了卫生院挂生理盐水。而在文黎明的印象中,马自达虽然也能喝,却还没有到那种用碗魁喝不倒的程度。后来还是马自达告诉他的,其实他在到山里以前就准备了解酒药,这次跟刘光明比酒前就吃了两粒。那时解酒药还未在市面上流行,文黎明听了觉得很神秘,就问是哪里得来的。马自达卖了个关子,说,这个不能说,说了就不灵了。又说他不仅要让刘光明心服口服,还要让这里其他人也心服口服。毕竟他要在这里做生意,还要靠村里人支持,像他看中的那块准备搭厂房的地,就有刘光明家里的份。

愿比服输。确实,在山里按规矩比赢了,你就会得到尊重,输的人也不会跟你结仇。马自达跟刘光明比酒后,也就没人再跟他比酒了。即使有不服气的,估计也会掂量着心疼那酒了。山里人好酒,但要酿一缸红酒出来,也得费不少粮食和工夫,一般人家都是收着喝的。

比酒是没人敢了,但比山歌,却很快有人跳了出来。在以前,山里几乎人人都会唱山歌,在大山里生活,看起来面对面,走起来要上山落岭,不少时候对话都是靠山歌的形式吆喝的。不过20世纪90年代后,年轻人外出打工的多了,上山干活的少了,山歌在年轻人中也就不作兴了。连叶晓芳也没有想到,还会有年轻人出来跟马自达比对山歌。

这人叫叶子川,是乡里的文化员,跟叶晓芳是同事,还是同乡人,不过叶晓芳是临时工,叶子川是正式有编制的。叶晓芳觉得叶子川斯斯文文的,相貌看着也顺眼,平时也还算讲得来,没想到他还有这个心思,一听说叶子川提出要跟马自达比对山歌,顿时也蒙住了。

按规矩,提出比对山歌的,是要吃点亏的,得由对方起头,也就是对方先唱一句,你再跟一句。谁跟不上就是输了。如果半斤八两一时分不出胜负的,就由双方争取的对象裁决。一般情况下,如果争取对象向着你,挑战者是很难赢的。不过,如果你不是山里人,不懂山歌,那情况就不一样了。

而让人没有想到的是,这场比试,还没开始就结束了。叶子川弃权了。没过多久,叶子川就调离了末垟乡政府。文黎明也是后来才知道,是马自达写了封信给叶子川,说都90年代了,两个青年人比对山歌,你还是乡干部,不大好看,干脆赶个潮流,比诗歌好了,也算是文比吧。他还在信中附了一首诗。

叶子川看到信后,约了马自达,问,那首诗是你写的?马自达说,你不相信?叶子川说,你能证明是你写的吗?马自达说,你出个题,我当场写怎么样?然后,马自达就按叶子川出的题写了一首诗,叶子川看了后,呆了好久,就说了句,你赢了。

文黎明还记得马自达跟他说,想不到这世界上还有跟我比写诗的傻瓜,我现在虽然讨厌诗人,但并不代表我已经不会写诗了。文黎明说,你就不担心自己会输吗?马自达说,这一切都是我计划好的,我是生意人,是不会允许自己输的。

也确实,马自达是会做生意的。在他与叶晓芳确定关系后,计划中的食品加工厂进展也很顺利,厂房盖起来后,挂了个芳达山味加工厂的牌子,还招了些残疾人到厂里做工,说按政策,可以免去一部分的税收。

食品加工厂正式开工那一天,也是马自达与叶晓芳订婚的日子。文黎明自然也在被邀请之列,马自达说,到时你把娟燕也带上吧。文黎明说,这个,还是让晓芳说吧。马自达说,你还不好意思啊,有没有那个了?

文黎明瞬间就脸红了,说,你说什么啊?他与刘娟燕私下是确定了恋爱关系,却还没到那个地步。也不是文黎明不想,只是一想那事,就感觉像是犯了罪似的,不敢进一步行动。一开始两个人在房间里待着,说着说着,没话说了。刘娟燕会站起来,说,我有点事,先走了。文黎明说,好好好。两三次后,刘娟燕就说,你是不是很希望我走?文黎明说,没有啊。刘娟燕说,那你怎么都不留我?文黎明说,你不是说有事吗?刘娟燕没好声气,说,那你是不是不喜欢我?

不是不是,我喜欢的。文黎明连忙说道。文黎明觉得自己对刘娟燕还是有想法的。也就在这个时候,刘娟燕靠了过去,抱住了文黎明。文黎明愣了下,也把一只手放在刘娟燕的背上。五六月的天气,刘娟穿着连衣裙,文黎明的手掌能感觉到连衣裙里有一圈硬硬的,心更是怦怦地跳得厉害。就听到刘娟燕在他耳边说,想不想我?文黎明咽了下口水,说,想。然后,就感觉自己的另一只手被刘娟燕拿了起来,贴在她的胸口。一道闪电从他脑子里划过,接着就听到刘娟燕说,以后,我就是你的人了。

像是被雷劈了,文黎明好久才缓过神来,把手撤了回来,却又不知该放在哪里,抓了抓手心,汗腻腻的,也不知说什么好。还是刘娟燕开了口,说,你嫌弃我?文黎明用手搓了搓衣服,说,没有啊。刘娟燕站起来,说,还说没有。说完竟呜呜地哭了起来,转身就从宿舍里跑出去了。

砰的一声,那关门的声音把文黎明从床沿上惊了起来。想赶出去看看,又犹豫着,等到他出门时,刘娟燕早就不见影子了。冷了一阵子后，还是刘娟燕主动，两人又恢复了关系，身体也有了进一步接触，也无非是搂搂抱抱的，连亲吻也是蜻蜓点水式浅尝即止，更别说捅破那层纸了。

而对于文黎明的否认，马自达说，你是不是男人啊？文黎明说，我可不像你那样，到处祸害女人。马自达则是哈哈大笑，那我祸害你了没？文黎明说，我又不是女人。马自达听了，又是一阵哈哈大笑。

山里的风俗是，订婚时，男方要在媒人的陪同下，把聘礼挑到女方家，女方收到后适当回一部分礼，然后请正亲吃一顿订婚酒。说白了，订婚主要是给足女方面子，而是否隆重，关键则在于聘礼多少，特别是彩礼的金额多少。那时候，山里一般人家彩礼是一万八千八百元，不过马自达办食品加工厂已把钱花得差不多了，还是叶晓芳的父亲叶大虎私下给马自达拿了五万，马自达也不含糊，自己又加了八千八百元，凑了五万八千八百元，在末垟乡，也可谓是轰动一时了。而文黎明也把自己这几年的积蓄五千元，都借给了马自达。

按照马自达的安排，早上聘礼送到后，得先到芳达山味加工厂搞个开工仪式。仪式上还请了乡里的牛乡长，牛乡长其实是书记、乡长一肩挑的，不过山里人觉得乡长的官职要比书记大，都牛乡长牛乡长地叫。马自达是见过世面的人，仪式搞得很隆重,百子鞭炮打得啪啦响,剪完彩,又让牛乡长与叶大虎一起为加工厂揭牌。仪式后,给到场的人都分了喜糖,马自达又请牛乡长喝他的订婚酒。

这一番操作,马自达不仅给自己赚足了面子,也给叶晓芳的父亲脸上贴足了金。订婚宴上,叶大虎喝得满脸通红,说话也是啪啦啦地响。马自达西装笔挺,挨桌给亲戚朋友敬酒,叶晓芳跟在马自达身边,不时瞟着马自达那张满是春风的脸,眼角溢出来的幸福兜都兜不住了。到了文黎明这一桌,马自达与叶晓芳先敬了大家一杯,马自达又拍了拍文黎明的肩膀,说,兄弟,你也要抓紧一点了。

刘娟燕也坐在这一桌,不过跟文黎明隔了两个位置,见马自达意味深长地看着自己,就倒满一碗红酒,站了起来,说敬新郎新娘一杯。叶晓芳说,今天是订婚酒,等吃结婚酒再痛快喝好不好?刘娟燕说,哎哟,肚子都藏不住了,就不要不好意思了吧。马自达说,好好好,我喝我喝。

在山里,结婚是有劝酒的,得把新郎新娘灌醉了才过瘾,但订婚酒一般意思下也就行了,不过这桌基本都是青年人,也就没有那么多讲究了。见刘娟燕带了头,大家就纷纷跟上了。山里自酿的红酒还是有力道的,特别是这准备起来嫁囡喝的。喝了一圈,马自达就上头了,正好有人起哄说要两人表演对唱,马自达说,我不会唱,就朗诵首诗歌吧。一桌青年人听了自然叫好鼓掌,马自达清了清嗓子,就开始了朗诵。

马自达朗诵的,是舒婷的《致橡树》,内容也算应景,只是现场"我如果爱你……"这样的话一出来,感觉就不一样了。山里的山歌其实也直白,但那么一唱,意思就委婉了,而马自达朗诵的是普通话,顿时便有了赤裸裸的味道。叶晓芳更是脸红得不得了,想拦着也不知怎么是好。而那些上了年纪的亲戚,便议论开了。见边上几个长辈婆姨咬着耳朵,叶大虎也有点蒙了,以前喝高了唱山歌在宴席上也不少见,而像马自达这般朗诵诗歌却是头一遭,还好这时坐在身边的牛乡长鼓起了掌,笑着对叶大虎说,哎呀,想不到啊,你囡儿婿还是个诗人啊。

听到牛乡长这般认可的意思,叶大虎也不由得长舒了口气,连忙说道,哪里,牛乡长说笑了。牛乡长说,老叶啊,我可不是说笑,诗人好啊,不瞒你说,以前我在学堂也偷偷写过诗呢。叶大虎说,那牛乡长也是诗人了。牛乡长摆摆手,说,不不不,我呢,最多是个诗歌爱好者。叶大虎有点不明所以,只能连连客套附和。不过作为村主任,还是能领会到牛乡长话里的意思,那就是,诗人是个好身份,朗诵诗歌是件体面的事。叶大虎不禁得意了起来,端了一碗红酒举了起来,说,他们青年人闹青年人的,咱们喝酒吧。而让大家没有想到的是,喝到后来,牛乡长居然也朗诵了一首诗。

牛乡长朗诵的是海子的诗,当喝高的牛乡长朗诵出第一句"姐姐,今夜我在德令哈"时,文黎明就惊呆了。文黎明也喝了酒,喝得不算多,却也有些上头了。按理说,今天是马自达的喜事,他心里应该高兴才是,却不知为啥心里像憋着什么似的,当听到牛乡长朗诵诗歌的时候,便恍惚觉得,是自己在朗诵似的。当听到"姐姐,今夜我不关心人类,我只想你"时,文黎明早已经泪流满面……

那天夜里,刘娟燕就睡在文黎明的宿舍,没有回去。记得酒宴后,文黎明还是自己回的宿舍,一觉醒来后,发现天已经黑了,刘娟燕就坐在床沿上。看到刘娟燕脸色不是很好,文黎明连忙坐起来,问她身体有没有不舒服。刘娟燕摇了摇头说没有,然后就搂住了文黎明的脖子。文黎明说,你下午有睡觉吗?刘娟燕没说话。文黎明说,看你这样子,肯定是没休息好,我们再睡一会吧。

两人搂着,躺了好一阵子,刘娟燕忽然说,你知道吗,晓芳有了。文黎明说,有什么了?刘娟燕说,肚子里有了。文黎明说,都订婚了,有了也正常啊。刘娟燕不再说话。又过了好一阵子,刘娟燕说,文黎明,你是不是男人啊?文黎明说,我是啊。刘娟燕说,那你就不想把我办了吗?文黎明说,可我们还没有办酒啊。刘娟燕胸部一阵起伏,半晌才说,文黎明,你不是男人。

文黎明觉得心里被刺了一下,满腔的血直往脑门冲去。脑子里闪过录像片里的镜头,终于,在一番努力下,完成了所谓的男人仪式。

搂着刘娟燕光溜溜的身子,文黎明有一种说不出的疲惫。文黎明很想再睡一觉,可刘娟燕却在他耳边说,该办的都办了,接下来怎么办? 文黎明说,那就办酒呗。刘娟燕说,那什么时候办? 文黎明说,这个我得问家里了。

而文黎明回家里一问,就问出事情来了。

六

父亲文向东并不同意文黎明的婚事。主要理由有两个:一是刘娟燕是代课老师,转正难,结婚后单职工家庭经济紧张、生活不好安排;二是刘娟燕是山里人,娶了这个媳妇后,文黎明在山里乡校就难调出来了。

文向东的态度是温和的,跟文黎明是带着商量性质的,让文黎明好好考虑清楚。文黎明觉得父亲说得也有道理,但又觉得自己都已经跟刘娟燕发展到那个地步,再抛弃人家就是负心汉了,心理上也着实接受不了。犹豫纠结之下,就找马自达商量,毕竟,马自达不仅仅是他的朋友,还是个有办法的人。

看到文黎明支支吾吾的样子,马自达就先笑了,马自达说,你小子是不是把刘娟燕给睡了?文黎明红着脸点了点头。马自达说,好啊,睡了就成了,什么时候办酒?文黎明说,我爸不大同意。马自达说,文老师不同意,为啥?文黎明把父亲的意见说了一遍,马自达听了,想了想,说,你喜欢刘娟燕吗?文黎明说,都睡了还不喜欢吗?马自达说,那可不一定。接着又说,你喜欢教书吗?马自达想了想,说,也谈不上喜欢吧。马自达说,那你会放弃教书跟刘娟燕私奔吗?

听到这个问题,文黎明蒙住了。扪心自问,他会为刘娟燕放弃一份自己谈不上喜欢的工作吗?文黎明忽然觉得,这个答案是不确定的。那他究竟是不是真的喜欢刘娟燕呢?

文黎明想了好长一段时间,也始终无法给出明确答案。最后,文黎明还是接受了父亲的安排,从末垟乡校调到了镇里的学校,那是文向东抹下面子找了教委的老同学才给办妥的。

而在这个问题上,马自达始终是站在文黎明这边的。当文黎明跟马自达透露自己要调走时,马自达显然已经明白了文黎明的决定。马自达说,你跟刘娟燕说了吗?文黎明沉默着摇了摇头。马自达说,你就一直没有跟她说过想分开的话?

文黎明说,没有,我不知道怎么说好。马自达叹了一口气,说,你不说,她终究还是会知道的,到时她没有心理准备,说不定会出大事情的。文黎明说,那怎么办?马自达想了想,说,谁叫你是我兄弟,我帮你想想办法吧。

马自达的生意越来越红火了,很快,不说末垟乡,就是在县里也小有名气了。还买了辆桑塔纳轿车,山里城里来回跑。那天,马自达与叶晓芳约上文黎明与刘娟燕,说是下龙湾马氏娘娘生日,一起去拜拜。

下龙湾的马氏娘娘庙在末垟乡一带颇有些名头,传起来显得很。到了庙里,赶来拜神的人不少,拜了娘娘,有人会摇个签找边上的斋公算个命。马自达与叶晓芳看的是事业,马自达让叶晓芳去摇,结果找斋公一对是个上上签,斋公说得花开似的,把叶晓芳笑得嘴都合不拢了。文黎明也让刘娟燕去摇,算的自然是婚姻,斋公翻出命书一对,眉头就蹙起来了,又问了刘娟燕的八字,语重心长地说,姑娘啊,你这个姻缘,说也不是,不说也不是。刘娟燕说,那你说就是了。斋公说,说对说错你听听就是了,我就按书里说了,你这个签是姜太公讨亲,算事业是好的,算姻缘的话,就会有些曲折了。刘娟燕说,什么曲折啊?斋公说,这个事情不好直说,你们两个男的先避一避,我再对姑娘说吧。

　　马自达对文黎明使了个眼色,两人就往门口走去。在外面等了一会,就看到刘娟燕与叶晓芳走了出来,两人脸色都不是很好看。文黎明问怎么了。刘娟燕说,你想知道吗?马自达说,走走走,算命的事,瞎听听就是了,不要往心里去。

　　回去时,大家也不提算命的事,这事就算过去了。两天后,文黎明搭马自达的车从县城办事回来,快到末垟乡时,车开到路边的田里,出了车祸,还好人没事。刘娟燕听到消息也赶了过来,见那情景,田下边就是悬崖,虽说车子开进田里没啥损伤,但如果冲下去的话就完蛋了。站在路边,刘娟燕没说什么话,等众人把车子拉出来,文黎明跟刘娟燕到宿舍后,刘娟燕就从背后忽然抱着文黎明呜呜地哭起来了,说,都是我不好,差点就把你害死了。文黎明说,我又没事,再说这事怎么能怨你呢。刘娟燕说,怨我怨我都怨我。文黎明说,你怎么了?刘娟燕抽泣着,沉默了许久,说,我们分手吧。

　　文黎明没有想到,刘娟燕会先说出分手。一番盘问后才知道,原来那天去马氏娘娘庙,斋公给刘娟燕算了命,说按照她的八字,姻缘是先苦后甜,二十三岁是利事年,这年找对象是最好的。刘娟燕只有二十一岁,便问如果早两年会怎么样。斋公招了招手指说,二十三岁之前两年都是大破运,按命书来说,如果这两年找的话,是与对象相克的,说凶了,不是你死就是他亡。刘娟燕心里咯噔一下，也不知说什么好。还是叶晓芳数落了斋公一通，两人才气鼓鼓地出来。

文黎明沉默了良久，心里好似有什么刀片搅动着，也不知说什么好，等他回过神来，才发现刘娟燕已经不见了。一连好几日，文黎明总觉得心里堵得慌，整个人都昏昏沉沉的。恰好是期末了，只能强撑着，等学校放了假后，就把自己关在宿舍里大睡了一场，从当天下午一直睡到第二天下午。当他醒来后透过窗户看下去，操场上已是空无一人了。

那天傍晚，文黎明骑着摩托车回到问溪村。一路上，风呜呜地从耳边划过，脑子也清醒了不少。以前刘娟燕也跟他分手过，但他知道，这一次是真的分了。回到家里，当天晚上文黎明就病倒了，浑身发冷，后脑勺还一阵阵抽着疼。文黎明躺在床上强忍着，等他母亲叶春花发现的时候，文黎明已经烧迷糊了，被送到镇里的卫生院，挂了生理盐水后才慢慢缓了过来。却觉得全身无力，病恹恹的，一直过了半个多月才有了些劲头。

其间，马自达有来看过他。文黎明说，刘娟燕跟我提分手了。马自达说，男女之间分手也正常啊，不过第一次嘛，会感觉痛苦一些。文黎明说，不是这个原因，是骑摩托车受寒了。马自达说，不管什么原因，身体是革命的本钱，要保养好。文黎明想了想，说，刘娟燕怎么样了，有听说没？马自达说，听晓芳说,刘娟燕前两天去广东了。文黎明说,去广东干什么? 马自达说,既然分手了,就不要想太多了,最好忘掉对方,忘得越干净越好。文黎明点了点头,他已经隐隐觉得,刘娟燕提分手的事应该跟马自达有某种关系。多年后他才得以确认,是马自达收买了斋公,故意说他与刘娟燕姻缘不合,包括车冲进路边田里,也是马自达故意安排的。

文黎明的调令是开学前一个星期收到的,还是父亲给拿过来的。拿到调令的文黎明很平静,父亲也没多说什么,就说到新学校去要好好工作。文黎明偷偷去末垟乡校搬了家,他很怕会遇到与刘娟燕相关的人,还好学校静悄悄的,直到他离开,也没碰到一个熟悉的。

离开末垟乡校到镇校教书后,文黎明就很少碰见马自达了。不过关于马自达的消息,文黎明还是经常听说,有时还能在电视里看见马自达的身影。短短两三年,芳达山味加工厂就成了县里的明星企业,马自达也成了县里的明星企业家。电视上,面对记者的访问,马自达侃侃而谈,踌躇满志。看到马自达的样子,文黎明很为他感到高兴,是打心里出来的那种。文黎明甚至觉得,这样的感觉,他当初对刘娟燕,都是未曾有过的。

文黎明是在马自达结婚后三年才结婚的。马自达结婚的时候,文黎明自然在被邀请之列,不过马自达那时已经是县里红人了,婚礼办得轰轰烈烈的,文黎明只需安安静静坐着喝喜酒就可以了。酒宴上,文黎明又见着了刘娟燕,她穿着皮草,化着浓妆,烫了个大波浪,几乎认不出来了。还是刘娟燕主动打的招呼,文黎明愣了下,说,你是?对方说,我是刘娟燕啊。文黎明哦了半天,不知该说什么好。刘娟燕说,你结婚了没?文黎明说,还没还没。刘娟燕说,结婚的时候记得叫我喝喜酒啊。文黎明哦哦几声,就坐下埋头吃了起来。

文黎明的对象叫夏月娥,是县中医院的护士,是相亲认识的,年龄比文黎明还要大三岁,虽说胖了些,但皮肤白也不显老。双方接触后,都感觉还可以,婚事自然就提上了日程。

之前,文黎明也相过好几次亲,总觉得没什么意思,更有原本就看不上老师的,自然就不了了之了。但去年底,母亲叶春花被查出得了肝癌,虽经治疗病情还算稳定,但明显是不能长久了,家里也就急盼着文黎明能早日结婚生子。此种情况下,文黎明也知道要抓紧了。

婚宴是在问溪村办的,文向东人情门头宽,左算右掐,就算不都来,也得有二三十桌。不过农村办喜酒都是有收红包的,算起来,一般都会有些赚头,钱倒是不用愁的。

20世纪90年代末,问溪村一带去朋友家吃结婚酒随礼一般是三五百元,相当于老师一个多月的工资,算是蛮多的了。而作为文黎明为数不多的朋友之一,马自达则给文黎明送上了一份厚礼,三百多份礼盒装的山味食品,当时每盒市场标价是六十八元,总价已超两万元了。不过婚礼当天马自达并没有赶到,礼品是让人用小货车送过来的。电话里,马自达说,兄弟对不起啊,本来你结婚就是下铁也要来的,确实是不凑巧,省里开会一定要我去,人赶不过来,一点心意不成敬意啊。文黎明说,你这礼也太重了吧,我受不起啊。马自达说,你再这么说,我就跟你绝交了,祝新婚快乐啊!先挂了,我要开会了。接着就挂了电话。

酒宴上,新郎新娘挨桌给客人敬酒,从舅爷桌开始,一桌桌下来,基本是父亲文向东积累下来的人情,没太多为难文黎明,但他也喝得有些上头了。敬到最后,是文黎明的朋友桌,都是跟他年纪差不多的老师,按风俗习惯,是要闹一闹酒的,有人便起了哄,问新郎新娘怎么喝。文黎明知道再喝下去,自己就要出糗了,却又不好拒绝,正支支吾吾为难之际,夏月娥站了出来,拿了瓶未开的金六福,说,文黎明的酒量你们也知道,他已经喝多了,不能再喝了,你们看这样行不行,我把这瓶酒喝完,大家也满杯干掉,有没有意见?一桌人相互看了看,大概是被新娘子的气势给镇住了,纷纷说没意见。

　　夏月娥一杯杯喝了下去,一瓶白酒喝完了,面不改色,把文黎明惊得一时说不出话来。酒宴结束后,文向东则把马自达送的山味礼盒给每个来喝喜酒的客人带走一份,把一些上了年纪的老人乐得合不拢嘴。

　　闹洞房的时候,文黎明实在是挺不住了,歪在沙发上就呼呼睡过去了。文黎明性格内向,除了马自达,也没啥能嬉闹的朋友,大家也不见怪,不像其他人结婚那样要好好捉弄新郎新娘一番,亲戚朋友在新郎间热闹了一阵子,也就先后散去了。

　　当文黎明迷迷糊糊醒过来时,感觉自己已光溜溜地躺在床上,连忙用手一摸,发现内裤还穿着,不由得缓了口气,却在那时,一只手伸了进来,温凉的,分明不是自己的。文黎明一把抓住,却又慢慢松了开来,想起这是洞房花烛夜,有些事本来是该他主动去做的。

　　确实,跟夏月娥相处,文黎明基本是被动的。在某些时候,文黎明还会不由自主地拿自己跟马自达做起比较。当然,这两者所谓的被动,那感觉又是不一样的。

　　文黎明再次见到马自达,已是农历接近年底了。按照公历来说,已是 21 世纪了。而刚进入 21 世纪,母亲叶春花就因为病情恶化去世了。

　　叶春花是在夜里四点多咽气的,此前两天,瘦得皮包骨的老人就陷入了昏迷，只是偶尔发出一两句哎哟声。那天夜里，靠在椅子上的文黎明正在打瞌睡，就听到大姐文诗月喊了起来，说，快来啊，妈没气了。几个至亲赶到床边，确定不行了，女人们就一声声喊着哎哟，呜呜地哭了起来。

文黎明沉默着，母亲对他是极好的，但长久以来的病痛折磨，也让他做足了心理准备，觉得母亲这么走了也是解脱。站在床前，文黎明努力抽了抽鼻子，就听到有声音喊，先别哭，快去把毛巾、寿衣拿来，趁手脚还软，赶紧把身体擦了换上寿衣。文黎明忽然觉得有点荒诞，大家忙碌着，他却好像帮不上什么忙，直到一个长辈让他去屋门前用力喊三声，妈，走好啊。

文黎明的二姐夫马长贵是问溪村的能人，在他的张罗操办下，丧事基本不要文黎明操心。按照请来的道士先生挑的日子，定于五日后出殡。第一天晚上，还没有做道场，文黎明就坐在母亲灵前烧纸。在问溪村，人去世后，亲朋好友以及有人情来往的村里人都会过来帮忙守夜，文向东在村里面子大，自然人来人往很是热闹。

马自达是那天晚上十点多赶到的，文向东是他的老师，叶春花就是他的老师母。马自达的奔驰车在屋门前马路上一停下来，就引起了大家的注意。见是马自达下来，一群人便不由自主地围了过去，马自达打着招呼，就往文黎明的方向走了过来。

文黎明连忙迎了过去,马自达的到来,让他感觉心里一暖,这种感觉是见着此前其他人时不曾有过的。见着文黎明,马自达就问,文老师呢?文黎明说,他在楼上休息呢。问溪村的风俗,灵前守孝是小辈的事,作为丈夫,文向东反而要避一避。七十多岁的人,这几天来也都没好好休息,这样安排也是有一定道理的。

马自达又问起文黎明母亲病亡前后的一些情况,文黎明本来还是麻木的,也不知为什么,马自达这么一问,眼泪啪啪地往外冒,急忙装作疲惫地擦了擦眼睛。坐在灵前,马自达也烧起了纸。有人过来叫马自达去打牌,文黎明也催他过去玩玩,都被马自达给拒绝了。有一搭没一搭地聊着,多是关于文黎明母亲的一些记忆。文黎明母亲对马自达也是蛮好的,读书时还留马自达在家吃过好几次饭。马自达念起时,文黎明鼻子酸酸的。到了半夜十二点多,文黎明让马自达回去,倒是马自达让文黎明的两个姐姐先去休息(夏月娥怀孕了,早就安排休息了),晚上就让他与文黎明守好了,一番推让后,累得不行的另一个姐姐也终于起身去休息了。

到了凌晨两三点,那边两桌打牌的也停歇散场了,夜终于静了下来。文黎明擦了擦眼睛,问道,你明天真的没事干?马自达说,你说呢?文黎明说,有事干,你就先回去休息吧。马自达说,我明天正好没事干。文黎明说,你是大老板,怎么会没事干呢?马自达说,大老板不是人吗,大老板就不会死吗?文黎明说,你这话是什么意思啊,可别乱说啊。马自达说,也没别的意思,都说人生苦短,做人啊,要活得有意思才好。文黎明说,那怎样活才有意思呢?

马自达没说话,用火钳捋了捋铁锅里的纸钱灰,半晌才悠悠说道,想怎么样就怎么样,那才叫有意思。文黎明说,那你想怎么样?马自达说,唉,最近老是觉得憋得慌,想出去走走。文黎明说,那你出去不就行了吗?马自达说,可这企业在这里,走不动啊。文黎明说,就出去走走,企业不会死吧?马自达说,企业不会死,可我想去死啊。文黎明说,你开什么玩笑啊,赚那么多钱,还想去死?马自达说,人死了,不也是会有人给烧纸钱,也可以赚很多钱,你觉得我现在跟死人有什么区别吗?

文黎明一时回不上话,就岔开话题,说,你还写诗吗?马自达说,没有。文黎明说,那你还想写诗吗?马自达呆呆地想了好久,说,想。文黎明说,那你为啥不写呢?马自达说,对啊,我为啥不写?文黎明说,那你写啊。马自达说,行,我现在就写。

没有笔,文黎明起身去找来了一支中性笔,马自达说,那我就献丑写一首,送给老师母吧。便把草纸垫在大腿上,写道:

我敬重死亡，如同敬重您

我敬重您，如同敬重一座山

敬重一条河流，绵延久远

滔滔不绝……

写完，又折了起来，扔到纸钱灰里烧了。看着折起的纸张在火焰中慢慢舒展开来，文黎明的思绪也随着化作一缕青烟，弥漫在黑夜之中……

七

当叶晓芳跟文黎明说起马自达出国的消息时，文黎明还以为马自达只是出去玩玩而已。不过，在叶晓芳说起她已经跟马自达离婚后，文黎明就知道，事情不是这么简单了。

那天，文黎明去温州市里开培训会，会议安排在景山宾馆。此前，文黎明已从镇校调到县水利执法大队工作。

会议中场休息时，文黎明出来透口气，迎面就撞见了一个打扮成贵妇模样的女人，看着很熟，一时又卡在那儿，倒是对方先打了招呼,说,文黎明吧,你怎么在这里?听声音就想起来了,对方正是叶晓芳。文黎明也没想到会在这里遇到叶晓芳,便说,你,你是晓芳吧?叶晓芳说,你不会连我都不认识了吧?文黎明说,怎么会呢,就是有好几年没见着了。叶晓芳说,好像有两三年了吧。文黎明说,不止了,都快要四年了。

两人就这样寒暄了起来。不知不觉地,文黎明就问到了马自达,而让文黎明没想到的是,当他问起时,叶晓芳的脸就有点僵住了,半晌才缓了过来,告诉文黎明,马自达出国去了,他们已经离婚了。

文黎明这才想起,就在半年前,马自达给他打了一个电话,是夜里一点多打过来的,说的话有点莫名其妙,第一句话就是,走,我们私奔去。文黎明给吓了一跳,缓了口气,才想着肯定是马自达打错电话了。两人虽然关系不错,平日里却少有联系。自从那次马自达陪文黎明守夜后,他们又有很长一段时间没见面了,其间,又零零散散通了两个电话,也都是问文向东的身体状况,那段时间,文向东脑血管硬化,在医院住了些日子。

是的,正当文黎明想告知马自达打错电话时,又听马自达说道,这里所有的一切,包括企业,老子都不要了。文黎明说,你打错电话了。那头静了一下,说,老子没打错,老子就是打给你的。然后就哈哈大笑起来。文黎明说，你笑什么？马自达说，我就是觉得好笑。又一阵笑声后，马自达说，好了，不跟你说了，睡觉吧。

想起这个莫名其妙的电话，结合叶晓芳跟他说的话，文黎明也隐隐约约猜到了马自达离婚出国的某些原因。也就在两人聊着的时候，一个西装革履的帅气男人走了过来，说，晓芳，都准备好了，我们走吧。叶晓芳瞄了男人一眼后，对着文黎明露出一个客套的笑容，说，不好意思，我有事要先过去了。文黎明说，好好好。

看着叶晓芳跟那个男人说笑的样子，文黎明隐约感觉两人关系并不一般。不过这样的感觉，倒是让文黎明的心情舒缓了不少。文黎明知道，虽说夫妻的事情说不清，但大概率是马自达犯错在先。不知是为啥，马自达对不起人家，文黎明也觉得像欠人家什么似的。

那天夜里，一个人躺在宾馆里，文黎明翻来覆去地睡不着觉，终于还是用手机拨出了马自达的电话，声音提示：您所拨打的号码已关机。不由得长叹一口气，把整个身体给放空了。

马自达好像完全消失了。起先，文黎明也陆陆续续听到过关于马自达的流言，说芳达公司老总跟一女华侨私奔出国了，这女华侨还是他老婆的表妹，回国探亲，不知怎么两人就勾搭上了，如何如何云云。但后来，愈来愈多地听说叶晓芳的消息，特别是水利局与农业局合并以后，文黎明经常会听到同事说起叶晓芳的辉煌事迹。叶晓芳俨然成了县里最知名的女企业家，她的不少事迹更是成了传奇，被人津津乐道。这时候，马自达已没什么人提起，或者说，叶晓芳已经完全取代了马自达。

　　不过，文黎明还是不时想起马自达。时间过得真快，儿子文恒远也要上小学一年级了。文黎明答应过孩子，暑假期间一起去万猴谷看猴子。万猴谷是一个新开发不久的景区，号称有一万只猴子。当然，这是夸张的说法，搞旅游嘛，不夸张就不成活，但无论如何，猴子对于孩子都是有很大吸引力的。

　　文黎明是自驾过去的。这些年来，文黎明也没啥进步，也没想着进步，夏月娥舅舅早已退居二线，他也一直是办事员，不过毕竟是双职工，除了三千多元的房贷按揭，其他开销并不大。一家子在夏月娥的主持下，日子过得还算宽裕。之前，夏月娥跟着一群老娘客在上海买房赚了一笔，便沉迷其中了，平日里开口多是房子的事，后来又购买了两处房子，一处是县城的，还有一处是杭州的，都升值了不少，经济大权在握，就更把文黎明吃得死死的。而文黎明平时也没多说什么，郁闷了就躲在阳台上看书。房子装修时，文黎明让木工在房间外的小阳台上做了个书柜,阳台包进来后,就成了一间小书房。有时候,文黎明其实看不进书,烦躁之际,文黎明会在香蕉上写诗,用铅笔在上面小心翼翼地刻着,慢慢地,心便会平静下来。文黎明知道自己的诗写得不怎么样,一首诗写完后,他也不剥皮,就把整首诗吞进肚子里,大口咀嚼中,心情顿时也就舒坦了。

大概三个小时的车程,文黎明一家到达万猴谷时,已经是中午时分了,便决定在景区外的一家饭店先吃个午饭。一家子刚进店里坐下,正当服务员过来招呼时,文黎明忽然瞥见一个熟悉的身影从店里走出,在门外拐了个弯就不见了。文黎明不敢相信自己的眼睛,就借问饭菜的名义跑到柜台前问老板娘,说刚才那个穿着如何如何的男人认识不。老板娘说,哦,那个是万猴啤酒厂的厂长,叫啥名字一时想不起来了。

听老板娘这么一说,文黎明觉得自己是认错人了,不过也对万猴啤酒厂产生了某种兴趣。几个月后,执法大队安排去隔壁县考察学习,说是工作,其实更多的是去大家感兴趣的地方转转。而万猴啤酒厂就是其中一个点。原因嘛,一是万猴啤酒厂是华侨投资的,说县里的华侨在那边是大股东;二是该啤酒厂属于农水局负责牵头的特色项目。

见对方安排了万猴啤酒厂这个点,文黎明不由得有点兴奋。车子在山路上绕了一圈又一圈,下车时,文黎明已经有点晕了,深深地缓了口气,才止住恶心。万猴啤酒厂就在眼前的山弯处,是一排五六层的洋房,门口上方横着"万猴啤酒厂"五个大金字,倒也显得有点气派。厂房右侧不远处,能隐约听到流水的哗啦声,斜眼看过去,一条十来米高的瀑布分明可见。

一男一女两个青年人已经在门口迎接了,说董事长出差了,厂长马上就过来。然后文黎明就看到一个留着大胡子的中年男子从大门里冒了出来,一边说不好意思,一边跟领头的执法大队队长握手。中年男子眼睛转到文黎明时,不由得愣了一下,而文黎明眼睛已经直了,眼前的大胡子就是马自达,哪怕大胡子遮住了下面大半张脸。

跟马自达已经七八年没见面了,文黎明以为马自达还在国外,没想到在这里当了啤酒厂厂长。后来才知道,马自达出国后没多久,就跟叶晓芳的表妹分手了。至于分手的原因,马自达没有说,文黎明也没有问。而之所以回来,是这样的。在国外流浪了多年,马自达遇到了本地的一个华侨,那人原本还在马自达的食品加工厂做过一段时间,出国后赚了不少钱,就回国投资了啤酒厂,知道马自达在外面也不如意,就请他回去做管理。

参观啤酒厂的时候,两人并没有表现出有特别的交情。参观完流水线生产车间,大家品尝完生啤,赶着去镇里宾馆吃晚饭时,马自达才跟站在一边的文黎明说,下次你自己过来吧,我们再好好聊聊。晚饭马自达没有过来陪同,说厂里还有事要处理,一个管销售的厂长正好从县城回来,已经在镇里等候了。

文黎明也没有想到,自己会真的一个人赶过去找马自达。车开到一半,文黎明就觉得自己疯了,但既然已经开出来,那只能让自己疯一次了。

此前,文黎明跟夏月娥吵了一架,其实啊,与其说是吵架,还不如说被教训数落更准确些。在大多数时候,文黎明都是沉默着,但这一次,确实是忍不住了,文黎明就站了起来,对着窗户大喊大叫,说,你有完没完,不就是女同事搭一次车吗,有必要说上三个月吗?夏月娥靠在床上,也腾地站了起来,把文黎明拉过身来,说,你冲谁大吼大叫呢,我说你怎么了,有本事做还不让人说了?文黎明说,我做什么了,搭一次车又怎么了,是违法了,还是出轨了?夏月娥说,你没有出轨,你也不敢出轨,可你心里却想着出轨,我没说错吧?文黎明无话可说,在床沿上坐下来一声不吭。夏月娥说,是不是憋得慌,有本事找她去啊?

好,是你说的。这话就憋在肚子里,一直憋到夏月娥骂骂咧咧出门去。文黎明也想好了,既然如此,那就找根香蕉写首诗,然后把它给吃了。没想到昨天在冰箱看到的那根香蕉不知什么时候不见了,又想起夏月娥说的话,一个念头忽然跳了出来,便决定去找一个人,不是那个她,而是那个他,马自达。儿子正好参加夏令营去了,七天时间才过去两天。

刚到达万猴啤酒厂的时候,文黎明还是忐忑不安的。不过见到马自达后,文黎明的心也就放下了。马自达也没想到文黎明会一个人跑来找他,接到文黎明的电话时,多少还有点意外。恰好是周末,大概厂里工人也要休息,显得有点冷清。一阵寒暄后,马自达对文黎明说,你来得正好,中午就带你吃特色大餐,让你享受一下。

特色大餐?文黎明嘀咕着,跟着马自达噔噔噔地来到一个房间门口,门上写着一行红字"闲人禁止入内",还以为是什么机房重地,打开门后,才发现里面是一酒店模样的房间,问起才知道是马自达的宿舍。最显眼的是房门进去后靠灶台边上的一个红漆木桶,比文黎明还高上半头,也不知里面装的是什么。文黎明正猜测着,就见马自达打开红漆木桶边上的冰箱瞅着,说,今天咱们兄弟俩,就在这里吃烧烤、喝新鲜生啤。

房间外还有个小阳台,烧烤炉就摆在那里。站在阳台上,一眼就能看到山那边的瀑布,还能听到水花跳落的哗哗声响。马自达一边整着烧烤炉,一边说,你小子运气真好,今天早上正好搞了点野货,就给你碰上了。在山里,野货指的是野鸡、野兔、野猪之类的肉,一般在市场上是很难买到的。文黎明的舌头也不由自主地卷了起来,口水差点就从嘴角满出。

烧烤很快就整出来了,肉片在铁架上发出滋滋的声音,马自达从房间里拿出两个玻璃杯,一个递给了文黎明,一个就往红漆木桶的水龙头接去。文黎明还以为是洗杯子,却看见白色的泡沫瞬间从杯子里满了出来。马自达关上水龙头,迅速喝了一大口,说,来来来,你也搞一杯。文黎明才知道这水龙头里流出来的竟然是啤酒,抖着手也给自己满了一杯。

两人站在阳台上,喝着啤酒,吃着烧烤,有一句没一句地聊着,山风阵阵,捋着额头上的点点汗滴,有一种说不出的舒爽。站累了,就拉了两把椅子坐下,文黎明忽然发现,马自达的头上竟有一丝秃顶了,比起那口大胡子,头发也更显得稀疏了。莫名的酸感从文黎明胃里泛出,他打了个饱嗝,不由得问道,你还写诗吗?马自达愣了一下,仰头半杯酒倒了进去,哈哈笑了起来,说,有这么好的酒,还写什么诗啊?接着,马自达还告诉文黎明,别说是写诗,他就是连饭也好多年没吃过了。马自达说,这啤酒是粮食做的,相当于液体面包,一杯啤酒一个面包,三杯啤酒下肚,肚子就不饿了。马自达还说,如果不是管理啤酒厂,我还不会回国。不过国外的洋酒,没有粮食的味道,喝着没劲。

水龙头里的啤酒，来得快，喝得也快。文黎明的酒量一般，也不喜欢啤酒的口感，平时喝着还会有点反胃，但不知为何，却觉得这里的啤酒特别顺口，不知不觉就有点喝多上头了。午后热气也有点上来了，见马自达把外衣脱了，剩一条花短裤白花花地坐在那里，手背在额头上擦了把汗，文黎明索性把自己的外衣也脱了。

这样光着膀子吃烧烤、喝啤酒，文黎明还是第一次。除了游泳，文黎明并不习惯在别人眼前裸露身体，哪怕是在自己的家里。恍惚间，就感觉身上某种无形的枷锁被打碎了，身体随着眼前杯子里的啤酒泡沫翩翩起舞。

又一杯啤酒下肚，两人看着对方，都忍不住笑了出来，不仅是嘴角，白花花的身上也出现了一道一道的黑，造型抽象，油腻发亮。见文黎明有点手足无措，马自达说，哎呀没事，我们去冲个澡吧。

马自达先晃进了浴室，打开花洒，文黎明站在玻璃门外，没见马自达抹什么，头上身上就起了泡沫，老半晌才反应过来，花洒里放出来的估计就是啤酒。当马自达让他进去一起凉快时，文黎明有点蒙，摇了摇头，说，你不会是用啤酒洗澡吧？马自达说，用啤酒洗澡不好吗？文黎明说，这也太浪费了吧。马自达说，也不全是啦，你看，上面的开关是啤酒，下面的开关就是自来水了。文黎明看着愣了愣,说,我们还是去游泳吧。

马自达接受了文黎明的建议。冲了个啤酒澡后,马自达整个身体都红了起来。马自达说,这个世界,没有比用啤酒冲澡更舒服的事了,就像是给身体的毛孔喝酒,每一个细胞都会飘起来。文黎明被说得心痒痒的,身体一阵阵发烫,但终于还是忍住了。

游泳是在瀑布下的那个深潭里进行的。站在潭边的岩皮上,文黎明感觉有点飘,身子摇摇晃晃的,恍惚又回到了在双隔潭游泳的那天。一个猛子扎了下去,文黎明下意识地在水下多憋了一阵子,那种久违的窒息感,又在心里浮出:很多年前,自己差点就溺水了,而就在那一刻,马自达拉了他一把……

文黎明在马自达那睡了一夜。醒来后,他已经忘了许多事情,特别是游泳后的,基本记不起来了。身边的马自达还在打着呼噜,文黎明找着衣服穿了起来,看了看手机,手机关机了。打开,一会儿又自动关了,是电量已经用完了。

文黎明走了出来,脑袋还有一点点晕,山风一吹,感觉胃里一缩,不由得一阵恶心。坐上车子,靠了一阵子,也没跟马自达道别,文黎明就开着车回去了。山路弯得受不了了,就停下车子吐一阵子,开始还有点货的,后来就剩下干呕了。就这样一路开开停停,停停开开,到后面路平坦了,也就慢慢舒坦了。回到家时,文黎明把车子停在地下车库,想着如何编造个理由对付夏月娥,忽然想起了酒驾,不禁后背一阵阵发凉。

此后,文黎明除发了个信息告诉马自达自己已经平安到家,就没有再联系马自达了。马自达也好似没了消息,其间,倒是又听到叶晓芳的不少事情,说是经营扩张过快,还涉及了房地产,正好碰到金融危机,资金紧张快要破产了。这些事情,文黎明觉得很遥远,心里没什么波澜,直到那天夜里,接到这样一个信息:我在附一医院住院部十八楼四号床,你来接我出去吧。

是马自达的手机号码。那时,文黎明正在香蕉上写诗。老半天,也没憋出一个字来。烦躁挥之不去,就听到叮的一声,文黎明打开手机,便看到了那条信息。

文黎明知道,马自达一定是生了大病,也不知治愈了没有。天一亮,他就在电话里向队长请了假,开车赶了过去。一开始,文黎明还是往好的地方想的,以为只是马自达要出院,让他帮忙接一下。不过,他赶到医院后一看,就知道问题严重了,向医生了解情况后才知道,马自达得了严重肝硬化,已经到了必须换肝的程度了。而马自达的意思是,他已经没钱支付这么多的手术费,也不想再折腾了,既然如此,那就与这个世界好好告个别吧。

　　靠在病床上，马自达挂着点滴，一脸瘦黑，嘴唇更黑。看着身边的文黎明，马自达说，趁我还有口气，你就带我出去转转吧。文黎明说，就你这身体状况，还是卧床静养好。马自达说，我不想死在医院里。文黎明说，怎么会呢，医院是治病救人的地方。马自达说，我已经是死人了，没救了。文黎明莫名激动了起来，说，你不是死人，你是诗人。马自达笑了起来，说，就算是诗人，诗人不会死吗？

　　诗人是不会死的。文黎明握住马自达的手，接着说，放心，手术费我会想办法的。确实，就在那么一瞬间，文黎明已经想好了办法，去年父亲文向东去世后，把老家的两间落地屋留给了他，卖的话，也值个五六十万元，差不多可以做个换肝手术了。至于夏月娥同不同意，可以先瞒着再说。马自达眸子里闪出一丝亮光，又长长叹了口气，说，你这又是何必呢？文黎明用力捏了捏马自达的手，想起很多年前，问马自达为何救他时，马自达对他说的那番话，缓缓说道：

　　"我喜欢。"

寻找牛永久

一

牛芷珊去鹤川县的前一天晚上,听邱娘婆说起,世纪大厦旋转餐厅对面楼顶的那只羊驼忽然倒立了起来,把屁股怼向天空。邱娘婆说完这句话后,沉默了大概七秒钟,就哭了起来。隔着电话,牛芷珊能听到那呜呜的声响,像是一股妖风钻进漏缝的洗手间,让人后背阵阵发凉。

邱娘婆是牛芷珊对邱莹莹的专用称呼,大学四年,同宿舍的女生换了好几茬,唯独邱娘婆与牛芷珊如同铁打一般,形影不离。邱娘婆是山东姑娘,人高马大的,两人站在一起,大长腿的尽头差不多对着的就是牛芷珊的胸,而牛芷珊的后脑勺一顶,就是邱娘婆的胸。有意思的是,牛芷珊平时是一副假小子的样子,而邱娘婆反倒有些扭扭捏捏,两人经常出双入对的,比一般男女情侣更有情侣的样子。

大学毕业后,两人都选择了留在杭州。邱娘婆入职了一家装潢设计公司,牛芷珊则去了一家外贸企业,在两家单位之间差不多中点位置的老小区合租了一间二居室,便开启了在大城市的打拼之旅。牛芷珊曾跟邱娘婆打趣说,争取少至三年,多至五年,买套房子,到时这个城市的万家灯火中,就有一盏为我们而留了。邱娘婆说,三到五年在杭州买套房子,你说,我们除了卖身,还有什么未开发的技能?牛芷珊说,也行啊,我这身肉没几两,你那身肉还是有分量的,再催下肥,首付就有了。邱娘婆说,你想把我当猪养啊?牛芷珊说,当猪养不好吗?吃了睡,睡了吃,不就是你向往的生活吗?邱娘婆说,就是当猪养,你也得养我一辈子。行。牛芷珊把手里的那杯热水递给邱娘婆,接着说,那你就喝一辈子白开水吧。邱娘婆接过水杯,在沙发上缩起身子,把头斜靠在牛芷珊娇小的肩膀上,说,跟你在一起,臣妾就是喝一辈子白开水也觉得像蜜一样甜。牛芷珊身子一侧顿时压力山大,只觉得牙痒痒的,恨不得跳起来一顿拳打脚踢。

事实上,还没到三年,两人就要面临分离了。是这样子的,牛芷珊的父亲牛建国,是县里的一个副局长,过两年就要退居二线了。母亲叶晓娟是电力公司的员工,也快到退休的年龄了,家里就一个女儿,她三番五次催着女儿考编,说女孩子还是在体制内安稳,国考、省考都没考上,就回县城考。牛芷珊几次考试成绩都不甚理想,就跟母亲说不想考了。叶晓娟哪里肯依,最后还是牛建国发了话,说让牛芷珊去隔壁鹤川县最后考一次,再考不上就随牛芷珊的意思。鹤川县属于偏远地区,录取分数相对要低一些。

就这样,牛芷珊过去报名一考,笔试分数恰好过了分数线,面试下来,那岗位招录三人,而她总分排名第四。就在牛芷珊松了口气时,第一名却选择了读研,牛芷珊自然就顺位补了缺。

知道牛芷珊考上公务员后,邱娘婆并没有表现出非常意外的情绪。恰好是周末,日头已经毒起来了,两人在出租房里窝着都不想出去,叫了外卖后,牛芷珊就接到了母亲的电话,听了消息后,也不知道是什么心情。牛芷珊把事情告诉了邱娘婆,邱娘婆愣了一下,便翘起嘴角,说,恭喜恭喜,终于上岸了啊。牛芷珊说,我这是被上岸的,怎么办?邱娘婆说,能怎么办,凉拌呗。牛芷珊说,你也不用这么幸灾乐祸吧。邱娘婆说,那要我悲痛欲绝、茶饭不思吗?牛芷珊说,对啊,少喂点粮食不正合你意吗?

正说着,电话响起,是外卖到了。点了肯德基,邱娘婆啃着鸡翅,到第三个的时候,才缓缓抬起头,若有所思,说,都说上岸第一剑,先斩身边人,你这第一剑,不会先斩我吧? 牛芷珊愣了下,又吸了口奶茶,说,呵呵,你也不卸妆照照镜子,我的身边人可是那种不施粉黛也能让六宫粉黛无颜色的纯素颜美人,你配吗? 邱娘婆做了个吐口水的动作,说,配。

电话又响起,是邱娘婆妈妈打过来的。邱娘婆的妈妈是南方人,还是支持女儿留在杭州的,几乎每天都会给女儿来个电话。煲了一阵电话粥后,邱娘婆就哈哈大笑起来,说要马上下楼去买张体育彩票。牛芷珊一问才知道,是邱娘婆山东老家的二黑生了三胞胎。二黑是一条狗,邱娘婆在家里则被称呼为大白。

体检、政审、公示、通知,没有再生意外。当牛芷珊再次回到出租房时,便再也绷不住了。牛芷珊是中午时分抵达的,从家里到杭州坐动车只有两个多小时的车程,从杭州东站出来,打车也就二十分钟左右,推开门,一眼就看到在厨房里忙活着煮方便面的邱娘婆。放下行李箱,牛芷珊走了过去。邱娘婆背对着,高挑得有点孤单,牛芷珊只觉得眼窝一酸,抬起头,双手搂住邱娘婆的腰,脸紧贴在背上,过了许久,才听到邱娘婆说,你回来了? 牛芷珊说,回来了。邱娘婆说,那你啥时候回去? 牛芷珊说,明天吧。想了想又说,也许后天,也许再过几天吧。

　　牛芷珊已经没有理由留在杭州了。大学毕业后,牛芷珊从没有回去找工作的念头,杭州这座城市,完全符合牛芷珊对自己未来生活环境的构想,但工作一年后,职场上的种种遭遇,使牛芷珊的想法开始动摇了。父母亲让她回去考公务员,也就顺从了。尽管嘴上说,反正是考不上的,就当走个过场,给父母亲看一下罢了,但在备考过程中,她也是下了功夫的,还参加了父母亲给报名的培训班。牛芷珊也说不清楚自己到底想要什么,但她明白,杭州已不再是她唯一的选择,她开始有了某种迷惘,不再如刚毕业时那般坚定了。

　　牛芷珊是在第三天早上离开杭州的。第二天下午,牛芷珊陪邱娘婆出去逛街,在西湖边解放路那一带,把能想到的商场与步行街都逛了个遍,实在累得不行了。邱娘婆说,听说世纪大厦旋转餐厅刚开业不久,环境挺不错的,我们去那儿坐一会吧。牛芷珊说,那你不早说,走吧。

　　旋转餐厅位于八十三层,坐着电梯上去,邱娘婆与牛芷珊正说着话,电梯门开了,进来一个男人,个子高,比邱娘婆还要高上半个头,穿着白衬衫,嘴角微微上扬,颇有男明星的派头。两人眼睛顿时就直了,也不敢吱声。接着电梯里又进来一家子,两个大人、两个孩子,一个孩子五六岁,另一个八九岁的样子,吵着要吃比萨。

旋转餐厅其实感觉不到旋转,放着布鲁斯轻音乐,倒也有几分情调。牛芷珊与邱娘婆找了个位置坐下,点餐。邱娘婆说,喝点?牛芷珊说,行,我请客。邱娘婆也不客气,点了瓶八百多元的意大利红酒,不算好,但也不便宜。两人酒量其实也一般,开始还装着淑女咪咪,后来便越喝越快,很快就上头了。两人站了起来,走到窗户跟前。窗户是关着的,不过透过玻璃,能看到脚下密密麻麻的房子、来来往往的车子,偶尔还能看到像蚂蚁一样的人在底下蠕动着,更远处,还能隐隐约约看到西湖的样子。

也就在这个时候,邱娘婆指着侧对面一座大厦楼顶,说,你看,那是什么?牛芷珊顺着方向看了过去,不远处楼顶上竟有一只羊的模样,仔细看又不像,它站在天台一角的玻璃房里,一动不动的。牛芷珊觉得自己看对方的时候,对方也在看着自己。终于看明白了,邱娘婆已经喊了出来,羊驼,是羊驼。牛芷珊只觉得脑子一涨,感觉胸口有一股憋着的气要吞吐出来,忍不住用手圈住嘴,用力吐出三个字:草泥马。这是羊驼在网络上的称呼。她没有喊出声来,嘴巴却张得大大的。邱娘婆看出了牛芷珊的意思,也跟着喊了起来。竭尽全力,无声无息,一遍又一遍。

那天确实喝多了,第二天牛芷珊醒来的时候,头还有点晕晕的。邱娘婆还在睡觉,发出阵阵轻微的鼾声。起床洗漱打点完毕,牛芷珊没有跟邱娘婆道别,拖着行李箱就走了。该说的都已经说了,牛芷珊确实想不出来还有什么好说的。

牛芷珊被分配到鹤川县下面一个叫桂西镇的乡镇工作,从自己家过去,开车大概要两个小时。牛芷珊虽说已经拿了驾驶证,但技术确实不怎么样,于是母亲叶晓娟决定送她过去。出发前的那个晚上,牛芷珊翻来覆去地睡不着觉,正迷糊着,就听到电话铃声响起。

是邱娘婆打来的电话,自从那次分开,两人就没有通过电话。牛芷珊把电话放到耳边,邱娘婆的声音就那么忽然地跳了出来:

"牛郎山,你在哪儿呢?"

牛郎山是邱娘婆对牛芷珊的专用称呼。邱娘婆老家有一座山就叫牛郎山。

二

牛芷珊第一次见到马郎山,是在桂西镇政府的办公室里。马郎山是政府办公室的秘书,比牛芷珊早一年考上公务员,也早一年到镇政府工作。牛芷珊前去报到的时候,特意在门口工作人员公示栏前站了一阵子,前面两排都是镇政府领导班子,眼光扫到第三排的时候,就瞄见马郎山的名字,半身照片上是个戴眼镜的年轻男子,牛芷珊心里咯噔一下,想起邱娘婆对自己的称呼,顿时觉得脸皮烫了起来。

而牛芷珊见到马郎山真人时,马郎山正埋头在办公室里写材料。牛芷珊跟镇政府办公室主任王一峰说话之际,他就抬头看了一眼。牛芷珊也没多注意,只是觉得这个眼镜男好像在哪里见过似的。走出办公室的时候,又忍不住瞄了一眼,才终于想了起来。

镇政府给牛芷珊安排了宿舍,周一到周四,回家不方便,牛芷珊基本就住在镇里了。镇政府所在地桂西村是一个被四面大山包围的山坳,离鹤川县城还有三四十分钟的车程。镇政府里的几个年轻人,都是鹤川本县的,下了班后几乎都会往县城赶。到了夜晚时分,四下虫鸣蛙叫声声,路上就难见着人影了。

起初,牛芷珊被安排到桂西社区做驻村干部。说是社区,跟城里的完全不是一个概念,无非就是在镇与村之间又设置了个管理机构,讲白了,就是荒山野岭处几个自然村的组合。白天有各种杂事忙碌着还好,到了夜里闲下来时,听着满耳的虫鸣蛙叫,就觉得有点瘆人了。

牛芷珊算是做了心理准备的,知道乡镇跟大城市杭州是没法相提并论的。母亲叶晓娟挑明了说,让她在镇里待个一两年,就想办法借用到县城机关去,五年基层服务期一到,便可以调回去了。不过,牛芷珊一时还是无法适应,夜深了还在床上翻来覆去,戴上耳塞,又感觉自己与这个世界隔离开了,被抛进了一个黑洞里。一段时间下来,便觉得自己神经衰弱了,大白天也提不起精神,有时还会恍惚起来,把领导交办的事情也给忘了,甚至被社区支部书记在会上点了名。

就当牛芷珊生出辞职念头,跟邱娘婆开始探讨研究时,马郎山却突然以一种莫名的方式,闯了进来。都说风马牛不相及,除了名字,一开始牛芷珊对马郎山的印象是模糊的,直到那一天晚上,马郎山叫她去吃夜宵。马郎山发微信给她的时候,牛芷珊正躺在床上喘息着。彼时,一股源自深处的欲望忽然侵袭了她的身体,啃噬着那无法安放的情绪,她试图逃离,却又被一种无形的力量狠狠摁在那里,就在迷失惊恐之际,马郎山发来的消息让她眼前一亮,像是抓住救命稻草一样,便毫不犹豫地答应了。

在镇政府侧对面的那家拉面店里,牛芷珊到达的时候,马郎山与两个同事已经等在那里了。一进店门,牛芷珊就觉得脸烫了起来，还以为是马郎山一个人约她，是她想歪了。坐下来后，才知道办公室几个年轻人加班迟了，有人想起她才让马郎山叫的。马郎山拿着一罐百威打了开来，问牛芷珊要不要喝点。牛芷珊犹豫了一下，摇了摇头，说，我就不喝了。同事张越平说，放心吧，我们是革命同志，不是渣男。同事刘荣杰说，哎呀，这年头的渣男都是非富即帅的，我们就是想渣也没资格啊。牛芷珊本就不是扭捏的个性，被这气氛影响了，松了口气，打趣道，那我就放心了，其实，我就喜欢渣男。马郎山说，既然放心了，那就来一个吧。

牛芷珊咽了口口水，她确实想喝点，原本还本能地戒备着，这么几句话后，也就放松下来了。牛芷珊没再说什么，任由马郎山把百威放到跟前。几杯下肚后，情绪上来了，不知不觉就有点上头了。也是没来由的，牛芷珊忽然想大哭一场，这种想法促使她站了起来，一个人离开了拉面店，溜回了自己的房间。马郎山他们一开始还以为牛芷珊是去洗手间了，等得久了，就发微信问怎么了。这时候，牛芷珊正在床上倒立着，把屁股怼向天花板。

牛芷珊也不知道自己为啥会做出这个动作，记得以前在高中学习压力大的时候，也会在床上倒立起来，然后就会觉得脑子里有东西从眼角挤出，吧嗒吧嗒地掉落下来。到大学后，失恋时这么干过一次，还是在大一的时候，揣着美好的憧憬跟隔壁学校的一个男生试着交往，偶然发现人家还跟其他女生玩暧昧，正寻思着问个究竟时，对方忽然玩起失踪了。手机联系不上，问他同宿舍的也说不知道去哪了，总之，比狗血还要狗血。

牛芷珊也不知道自己是怎么跟马郎山走到一起的。本来觉得是风马牛不相及的，莫名其妙就睡在一张床上了。记得那天早上醒来后，首先是感觉头有点晕，就是那种在梦里坠入深渊，却无法醒过来的感觉。待她稍微回过神来，才发觉身体深处有一种麻痛慢慢散开来，腾云驾雾一般，缓缓着陆后，就发现身边多了一个人。

记不得是第几次跟马郎山一起喝酒了，牛芷珊也没想到，他们有一天会喝到这个程度。两人也默认了这种关系，没有大肆宣扬，也没有刻意回避。不过还是被母亲叶晓娟察觉到了，那天周末在家里，吃晚饭的时候，正有一搭没一搭地聊着，叶晓娟说，珊珊，那天开车送你回来的年轻人是谁啊？牛芷珊愣了一下，说，哪天？又看了下母亲的表情，接着说，能什么人啊，同事呗。叶晓娟说，什么同事啊，能开两个多小时的车把你送回来？牛芷珊说，人家正好有事过来顺路不行吗？叶晓娟说，有什么事，要跨个县过来办啊？行了。这时候，牛建国发话了,说,珊珊已经是大人了,个人问题自己把握就是了,你有那功夫,还是多去跳跳广场舞吧。

父亲的解围,让牛芷珊松了口气。牛芷珊也知道,母亲不是不让她谈恋爱,只是不想她跟鹤川县那边的人谈恋爱,怕她会留在那边。为此,还张罗着给牛芷珊相亲,结果都被牛芷珊以刚参加工作不久还不着急的理由给拒绝了。

晚饭后,牛芷珊正想窝在房间里刷剧,就被牛建国拉着去河边绿道散步了。她从小就跟父亲亲近,有空总喜欢黏在父亲身边。路上,牛建国看似漫不经心地问了句,你妈说的那个男人是不是叫马郎山?

听父亲这么一问,牛芷珊稍稍愣了下,也就坦白了,说,是啊。牛建国说,是问溪村的吧?牛芷珊说,爸,你都知道了,还问我干啥?牛建国说,你们关系发展怎么样了?牛芷珊说,就那样呗。牛建国说,哦,哪样?牛芷珊说,真要怎样,还不得向父亲大人您汇报啊。牛建国缓了口气,说,有件事情,不知该不该跟你讲。

必须得讲啊,是不是跟我的身世有关?牛芷珊瞪大眼睛,打趣道。牛建国轻咳一声,说,确实跟你的身世有关,准确地说,应该是跟家族有关。是的,牛芷珊确实没有想到,自己的家族跟问溪村还有这么大的关联。父亲牛建国告诉她,她的太公,也就是她爷爷的爷爷就是从问溪村搬出来的,原本也是姓马的,后来入赘到一牛姓人家,后代就改姓牛了。由于太公是与族人结怨被赶出来的,便立了誓,永世不回问溪村,还规定后代子女,不能与问溪村的马姓通婚。

牛芷珊听了不由得脑子嗡的一声,没想到这般狗血的剧情竟真的会发生在自己身上。尽管牛建国跟着解释说,已经隔了这么多代,也不存在近亲什么的关系,更何况祖宗的事情,后代也管不着了,现在是新时代,自己的事自己看着办就是了。等牛芷珊稍微平复了下心情,牛建国也岔开了话题,只当没说过什么。

绿道转弯处,一条黑狗追着一条白狗在两人面前跑过,恰好牛芷珊包包里电话响了起来,当是接电话吧,牛芷珊忽然向前跑了出去,把牛建国甩在黑暗之中。

三

牛芷珊还是找到了马智慧。马智慧在问溪村算德高望重了,问溪村的马氏宗谱就是他牵头修的,按辈分,马郎山得喊马智慧阿公了。牛芷珊就是通过马郎山找到马智慧的。

牛芷珊其实也明白父母亲的意思,他们不希望她与马郎山交往。牛芷珊也问过自己，与马郎山的交往有没有结果。有那么两个晚上，她尝试着不与马郎山联系，马郎山打的电话她一概不接，发的微信一概不回。第一个晚上，牛芷珊手机刷累了，靠在床上，垂下眼帘，忽然觉得耳边的虫鸣蛙叫，显得如此宁静，一条清澈的溪流在她心头缓缓流淌，伴着心跳润入身体的每一个角落，而等她睁开眼睛的时候，发觉天色已经亮堂了。

第二个晚上，牛芷珊心里不免有些忐忑起来，她靠在床上，垂下眼帘，听着耳边的虫鸣蛙叫，试图再次寻找那条清澈的溪流。她能感觉到自己心脏的跳动，却发觉溪流似乎干涸了，心头还发出丝丝开裂的声响，恍惚有红色的液体渗出，像极了撕心裂肺的样子。一开始，牛芷珊还以为这是自己跟马郎山尝试分开的后果，但慢慢地，牛芷珊就否定了这个想法，她没有感觉到疼痛，一丝一毫的疼痛都没有，红色的液体把她的身体都浸透了，她的身体慢慢变小，就像陷入一个红色的深渊，向着过去不断落下，无穷无尽。她惊恐万分，试图挣扎，却无济于事，直至变成一个受精卵大小，然后爆裂开来，一道白光后，她睁大眼睛，发觉已经浑身湿透了。

直到早上起床照镜子的时候，牛芷珊才发现，自己的眼睛变红了。站在镜子前面，牛芷珊呆了好一阵子，终于把思绪收拾好了，觉得无论跟马郎山结果如何，都得去找一找自己身体里的血脉由来。这种念头是莫名的,却又那么坚决。这让她自己也一时无法解释。刚从宿舍下楼走到大门口,就发现马郎山已经堵在那里了。马郎山说,你眼睛怎么红了?牛芷珊说,没事,昨晚有点没睡好。马郎山说,你这两天怎么了?牛芷珊说,没怎么,就是想一个人静静。接着又说道,马郎山,你能不能帮我一个忙?

牛芷珊还是编造了一个理由,说她父亲的一个马姓朋友,祖上是从问溪村出去的,正好她在这边上班,就让她帮忙问问看。而对于寻祖归宗之类的事情,马智慧显然很感兴趣。当马郎山带着牛芷珊找到马智慧时,马智慧正靠在家门口篾椅上看报纸,是鹤川本地的报纸,叫《今日鹤川》,不过每周只出一期,恰好这周副刊上刊出了他的一首古体诗。他已经看了这张报纸好几次了,听到有人喊智慧公,就把报纸往下挪了挪,发觉来人是马郎山,忙把报纸放了下来,说,哦,郎山姆啊,什么时候回来的啊?

一番寒暄,得知来意后,马智慧就带两人到二楼的房间,夹好报纸后,又从衣柜里翻出一本线装大块头,纸张发黄,估计有不少年头了,看封面赫然就是马氏宗谱了。对于祖上的情况,牛芷珊其实了解得不多。父亲牛建国曾跟她说过,太公名叫牛永久,显然不是原来在问溪村时的姓名。至于是何时从问溪村出去的,也只能靠估算了,大概一百年前吧。而其他的有效信息,牛芷珊实在想不起来还有什么。

在马智慧的指点下,牛芷珊从宗谱的总序里得知,问溪村的马氏始迁祖叫马如龙,是唐后五代时期的一个总兵,因厌战乱举家迁移至此,而往上再溯,先祖竟是三国时的马超。在牛芷珊印象中,马超可是与赵子龙一般英武的白袍少将,而这种抽象的概念,突然以基因的形式在她身体深处惊醒,顿时觉得浑身血流加速起来。从哪里来,又到哪里去,她觉得,只有找到具体的源流走向,才能消解自己内心深处不时泛起的纠结与不安。

牛芷珊深吸了一口气,继续翻下去,眼光扫描中,确实在马氏宗谱里找到了马永久的名字,不过按记载,此马永久是道光年间人,时间明显对不上。而在一百年前左右,有记载两户人家搬出去的,其后谱系也是有清晰记录的,与牛芷珊的太公也搭不上边。

对于这种族谱里找不着的情况,马智慧倒是见多不怪。马智慧说,族谱记录也是不完整的,难免会有一些疏漏。马智慧还举了两个例子,一个是没落地主,人称马万石,据说有一万石田租,好赌,结果败光家私潦倒饿死,族谱记载已经没有子孙了。但就在前些年,他的后人找到了这里,他们才知道这地主有一个孩子,讨饭流落到了绍兴,被一掌柜看中收作伙计,因为读过几年书,人也聪明肯干,掌柜还把女儿嫁给了他,从此重新开枝散叶,现在后人也有一个村了。

而第二个例子也很传奇,是问溪村的一个孤儿,十来岁的时候就没人看见了,有人说参加了红军,也有人说做了土匪。直到20世纪五六十年代,问溪村有人在福建三明碰见部队的一个大官,跟他长得很像,不过没来得及打招呼,对方就上了军用吉普车走了。那人回来后说起,村里还没人相信,直到"九一三事件"后,部队派人来问溪村调查才知道,这事情是真的,不过由于身份敏感,族谱也就没有记录了。

牛芷珊不免有些失望,马智慧说的例子,跟自己家族的情况天差地别,基本上是可以排除了。马智慧接着又说道,也有这种情况,一些出去多年好几代的,确实找不到房族后脉的,可以另起一支在族谱中接上去,也算是认祖归宗了。台州那边有一支就是这样做的。

牛芷珊表示了感谢。其实牛芷珊并没有什么认祖归宗的想法,甚至也没有害怕自己跟马郎山是否有血缘禁忌,只是身体深处有一种莫名的渴望涌动着,牛芷珊也说不清为什么,更抑制不了那种感觉。

从马智慧家里出来后,牛芷珊感觉身体莫名燥热,马郎山也看出牛芷珊有点不对劲,便提议先到他家坐坐再回镇里。牛芷珊感到脑子有点晕晕的,觉得到那里休息一下也好,便答应了。

马郎山的家在村尾处,是一处四面屋老宅子,看规模应该是有不少户人家住在里面的,牛芷珊走进去时,却发觉空空荡荡的。问起才知道,以前这里也是很热闹的,现在好多户人家都搬出去了。马郎山的父母在温州开五金店,平时除了爷爷马百顷住在里面,几乎就没有什么人了。在中堂喊了几声爷爷,没听到动静,马郎山就推门进去了,咿咿呀呀声中,老木门打开了。牛芷珊跟着走了进去,屋里黑洞洞的。马郎山按了下开关,电灯闪了下,再按就没反应了。牛芷珊脱口而出,说,怎么像鬼屋啊?马郎山连忙解释说,我家的落地屋已经盖好了,等过完年就装修,到时好了就搬过去。

牛芷珊其实并不介意这些,马郎山却一把抱起了她,牛芷珊说,你干什么啊?马郎山说,这电灯坏了,楼梯不好走,我抱你上去休息吧。牛芷珊原本心里就有点发毛,被马郎山这么一抱,男人的体温瞬间就暖进她的心里,手便不由自主地圈了过去。

马郎山的房间在二楼,本来是让牛芷珊休息一下,但情绪一上了头,进了房间,顾不得喘息,他就毛手毛脚起来了。牛芷珊也被感染了,往床上一躺,闭上眼睛,任由身体深处的欲念释放出来。

也就在这个时候,牛芷珊忽然听到一个声音响起。老房子确实是容易发出各种声音的,牛芷珊的外婆就是一直住在老房子里的,走起路来地板就会砰砰地响,往床上一躺床就会吱呀呀地叫,甚至还能听到老鼠跑过的窸窸窣窣声。但牛芷珊发现,这个声音跟这一切都没关系,似乎是来自身体深处的,恍惚有一道影子从黑暗中飘了出来,发出嗞嗞声,并把她的身体缠绕包裹了起来,越来越紧,一种窒息感袭了过来,她忍不住发出啊的一声呻吟。

怎么了?马郎山问道。没事。牛芷珊缓了口气,然后就觉得自己的身体被替换了。她从未有过这样的感觉。直到两人停下了所有的动作,她身体里的波澜还在起伏着,久久无法平息。这种感觉让牛芷珊感到惊恐,那种黑暗深处极致的快感让她沉迷其中,她很害怕陷在里面无法自拔。也不知过了多久,才慢慢平复了下来。

回到镇里后,牛芷珊跟马郎山也有过几次身体交流,跟之前一样,完全没有那种感觉。有一次他们一起去县城开了房间,也还是老样子。牛芷珊抵制不了诱惑,找了理由回到那老房子,那种特别的感觉便又在身体里出现了。像是上了瘾似的,隔几天身体就忍不住想要回到那里去。

牛芷珊觉得那个房间里一定有某种东西让自己上瘾了。当然,还有一种想法牛芷珊不敢说出来,就是那老房子里真的有鬼,只要一做那事,鬼就会上身。

四

牛芷珊是从马百顷嘴里听到这个故事的。

大概是马郎山跟爷爷提起牛芷珊帮她爸爸朋友寻宗的事。那次在老房子里一起吃饭的时候,马百顷告诉他们,这四面屋原来是地主家的,他们也是土改后分过来的。一百多年前,他爷爷还在这家地主家讨生活做长工时,曾经发生过离奇的事情。

这一年正好是民国元年,发大水,百年一见,问溪村的石板桥就是被这年大水冲走的。马百顷虽上了年纪,上面门牙也掉了一个,说话有点漏风,还抽着烟斗,坐边上就有一种呛人的味道,但讲起故事,却有板有眼,让牛芷珊有一种身临其境的感觉。按马郎山的说法,他爷爷以前闲的时候,就喜欢讲故事给孩子们听,天生就有种说书人的技能。

马百顷说,就在那一年,四面屋出了三件怪事,一是鸡母叫天光,二是猪儿长牛角,三是桃花配岩头。马百顷重点说的是第三件事,前两件事虽说奇怪,但也就那么一两句话的事,而第三件事中,桃花其实是一个人的名字,是地主家的小老婆,人长得很出挑,据说是地主花了八百大洋从城里买回来的。至于岩头,也不是一般的岩头,而是鬼崖洞里一块长得像牛头的岩头。在问溪村,有这样的说法,这岩头是一水牛精,与吕洞宾斗法失败,被封印在里面。由于水牛精会从山里吸取法力,每隔三十年,就要给水牛精许个女人,让他失去法力,他才不会出来闹事。那一天,这地主突然说他夜里梦见吕洞宾托梦给他,说三十年期限就要到了,要他找个生得好看的女人许给水牛精。地主问,要到哪里找生得好看的女人?吕洞宾笑了笑,说,桃花就很好看。说完就不见了。说完这个梦,地主说,为了村里安全,我决定把桃花许给水牛精。

马百顷接着说,按照祖宗传下来的风俗,女人许给水牛精后,要在鬼崖洞里待上七天七夜,然后才能接回来。回来后,就会被全村供起来,好吃好用地伺候着。又补充说,这地主的大老婆很厉害,地主这么做,不仅仅是为了村里,也是有他自己的心思的。

于是地主挑了个日子,把桃花打扮一番,穿着一身红,让长工背到鬼崖洞去。没想到,这长工竟背着桃花逃走了。这地主当时还是保长,很有势力,发现后,就派人找到了两人,抓回村里。为了表示惩罚,长工被拉到溪坑中心的草地里,脱了裤子当众打了三十大棍,扔在那儿自生自灭。没想到,当天黄昏就发大水了。也不知长工是被水冲走了,还是逃走了,从此就没有着落了。

马百顷说,这个长工还是我爷爷的堂兄弟,我也很希望他能活下来,这样祖宗派下就多一脉了。自然,马百顷表达的意思就是,牛芷珊要寻的宗,有可能就是这个长工派下的。马百顷说,这个长工名字叫什么呢,已经记不起来了,不过晓得的人都叫他"牛攻",人长得很高大,做事也是把好手,能够挑两百大秤的稻谷一肩到屋不歇力。由于这不是什么好事,族谱就没有记录这个人了。

牛芷珊听得屁股阵阵抽动,一股生疼莫名从脊背里冒出,似乎也有棍子落在自己的屁股上,恍惚那种感觉被遗传了下来。不过,让牛芷珊最为关心的,还是桃花的命运。牛芷珊问后来桃花怎样了,马百顷说,听说是被地主关在房间里不让出来,最后上吊死了。说来也奇怪,桃花不是死在房间里,而是死在鬼崖洞里。那个地方男人爬上去都很吃力,也不知道桃花一个小脚女人是怎么上去的。还有人说,桃花死的时候没有穿鞋子。

确实,鬼崖洞不是一般人能爬上去的。当牛芷珊看到鬼崖洞时,脚已经抖得站不住了。鬼崖洞在半山腰处,离村里还有三四里路,山路上长满了杂草,看样子已经没什么人走了,沿着一条小溪流向上,爬过一片乱石滩,抬眼就可以看到一陡峭的崖壁,马郎山指着,说,你看,那里就是鬼崖洞。

一开始,牛芷珊表示要去鬼崖洞时,马郎山是阻止的。马郎山说,那个地方可怕得很,村里人一般都不敢去。牛芷珊说,你害怕吗?马郎山说,怕倒是不怕,不过有些事还是有点敬畏好。牛芷珊说,你要是不敢,我去村里雇个人带我去好了。马郎山说,好吧,你一定要去的话,那我就舍命陪你去吧。

其实,牛芷珊也有点搞不明白,为何自己非要闹着去鬼崖洞看看不可。自从马百顷跟她讲了那个故事后,她就连续几个晚上梦见那个叫桃花的女人。梦里的桃花究竟长什么样子,牛芷珊看得不是很清楚,或者说,根本就没有看到桃花的样子,而桃花的声音经常是从背后传过来的。牛芷珊能感觉到自己就躺在床上,然后听到一个声音说,等到桃花开了的时候,我就会回来了。那是一种王家卫式的调调,一转身,却是黑漆漆、空荡荡的。

已是桃花盛开的季节,四面屋院子角落就有一棵桃树,看样子已经有好些年头了,枝干枯瘦,花却开得灿烂。牛芷珊问马郎山,这桃树有多久了?马郎山说,也不知道多久了,反正我小时候看到就是这样了。而当牛芷珊又一次听到桃花的声音,便忍不住问道,你是桃花吧?那声音说,你怎么知道的?牛芷珊说,我也不知道,可我就是知道啊。那声音说,既然如此,你能帮我一个忙吗?牛芷珊说,当然可以,你的事就是我的事。那声音说,你能帮我找双鞋子吗?我的鞋子掉了。然后牛芷珊就看到一双脚丫从空中挂了下来。

梦惊醒了。牛芷珊知道这只是一个梦,等喘息慢慢平缓了,她就觉得,得去鬼崖洞一趟,桃花的鞋子一定掉在那里面了。大半夜的,牛芷珊把梦里的情景讲给邱娘婆听,邱娘婆说,这是真的吗?你可别吓我。牛芷珊哈哈大笑,接着又是一通胡侃。放下手机,牛芷珊就觉得心咚咚地跳,久久无法平静。

鬼崖洞就在一块大石头上方,那块大石头在一堆乱石上,圆滚滚的,像是弥勒佛的肚子,鬼崖洞洞口就像是肚脐眼,上面还长着一棵松树,看样子个头不大,年头却不短,类似小号迎客松,山风吹来,耳边呜呜作响。牛芷珊觉得脊背一阵发凉,仰头看了看,贴着大石头边缘应该有可以上去的路。洞口黝黑,看着深不可测,惹得她心怦怦直跳,双腿有点颤抖。马郎山说,这样吧,我先上去看看。牛芷珊说,不用了,你在下面看着就行了。怕马郎山抢先,她捏了捏大腿,深吸了口气,就蹬着岩缝往上爬去。

牛芷珊还是失手了。仗着身体灵巧,牛芷珊爬得还算顺利,不一会儿,洞口就在眼前头顶上了,已经能感受到那种深渊的吸力,恍惚有一双眼睛正看着她,有许多话要跟她说似的,却忽然感觉手一哆嗦,一把野草被连根带了出来,一个后仰,整个身子失去了重心,来不及稳住,滴溜溜地滑了下去。

只觉得脑子一片空白,就听到马郎山大呼小叫地问怎么了,发现自己身子已经落踏实了,牛芷珊才缓过神来,感知告诉她应该没啥大碍,又看了看手掌,几道划痕已经渗出血迹了。牛芷珊抬头看了看鬼崖洞,拉着马郎山的胳膊不甘心地站了起来,右脚腕一阵刺疼传来,身子又软了下去。牛芷珊知道,自己是不可能爬上鬼崖洞了,终于忍不住,呜呜地放声哭了起来。

牛芷珊的脚已经肿得不能走路了,是马郎山背着她回去的。一路背背停停,牛芷珊拎着脱下来的运动鞋,趴在马郎山的背上,当疼痛慢慢舒缓,身子摇摇晃晃的时候,一种异样的感觉在她心中滋生荡漾起来:一百年前,一个男人背着女人走向鬼崖洞;一百年后,一个女人又被男人背了回来……

这大概也算是一种圆满吧。牛芷珊心里这么想着,那些不明白的忽然就有了一个明白的答案。回去后去了医院检查才知道,只是脚踝扭伤了,静养一段时间就好。她没跟家里说起,找了个工作忙的理由,在镇里待了两个星期。在养伤期间,马郎山送饭换药,悉心照顾,牛芷珊也欣然接受,自然而然地,就提到了谈婚论嫁的话题。这次她没有回避,伤愈回家后,就跟父亲牛建国说起要跟马郎山在一起的想法。牛芷珊没有说起寻宗的事,只是强调了马郎山体贴,会照顾人。牛建国沉默了许久,问牛芷珊想清楚了没有。牛芷珊说,我已经想了很久了。牛建国说,既然如此,那我就做做你妈的思想工作吧。

结婚的日子终于定下来了,皇历上是庚子年三月初六。日子是马郎山的父亲找先生选的,之前,牛芷珊说了个大概,那就是第二年春天桃花开的时候。牛芷珊也没有再去爬鬼崖洞,只是在拍婚纱照时,特意在去鬼崖洞的路上选了个外景,拍了一组。

照片里,牛芷珊穿着红色旗袍,光着脚丫,趴在马郎山的背上,把一双粉红色的高跟鞋拎在手上,妩媚得如同桃花一样……

爱上马小玲

一

让马向东没有想到的是,马向勇居然被鬼摸了。在问溪村,这种事以前说是时有发生的,但近些年来,已经很少听说了。

首先发现马向勇被鬼摸的,就是马向东。马向东是做道士的,属于正一教,不用出家修行的那种,主要是帮逝去的人做道场,也干一些做煞、斩铁蛇、小小请的事,在附近一带小有名气,收入还算不错。说白了,就是一养家糊口的手艺,师父是他的父亲,相当于祖传的活。

那天马向东在隔壁村做煞回来,在村口看到马向勇迎面过来,便停下车子,探出头喊了声"勇大"。没见对方反应,等走近了,才看清马向勇面无表情,两眼发直,连脚步也有些僵硬了,明显跟平常不大一样。马向东又喊了两声,依旧没见反应,脊背一股凉气就嗖地冒上了后脑勺,直到马向勇从他身边走过,才觉察判断出来,马向勇应该是被鬼摸了。

只是,马向勇怎么会被鬼摸了呢?在马向东的意识里,马向勇是不大可能被鬼摸的。马向勇比马向东大三岁,按辈分,算是马向东的堂哥,人高马大,体格也像牛一样,据说只有那些血气不足的人才会中招,这样的人,怎么可能呢?不过事实摆在眼前,马向东也不得不接受,赶紧停好车小跑进村子,一眼就瞥见三叔公马万顷在溪坑里洗锄头,便溜下路坎把情况告知了。马万顷是个大嗓门,大呼小叫地喊来了一伙后生,随马向东向着马向勇行走的方向追去。

马向勇是在番薯园里被众人给按住的。之前,大家在乌牛岗发现了马向勇的行踪,只见他翻山越岭,如履平地。有人喊他的名字,马上给喝止了,说不能这么叫,在一片“皇天”声中,分了两路追截,才在岗背给拦住了。一番折腾,从岗背到岗尾,七八个人总算把马向勇给拖回家了。

只能暂时把马向勇绑在篾椅上。马万顷问马向东有没有办法。马向东说,自己是文道士,小小请可以,马向勇这种碰到的是大货,得打王请武道士来。在问溪村一带,打王分打七塔与吊九楼两种,是一种所谓的驱鬼仪式,道士先生要翻着筋斗上下七张或九张叠着的八仙桌,这不是一般人能学得了的。

说实在的,马向勇这情况,马向东也是第一次亲眼见到。自己做道士这么些年以来,也见到过一些所谓的灵异事件,但大多没有这般现形。无非是某个老人料见自己要死了,早两天让儿孙买寿衣穿上;某个小孩冒犯了庙里地主爷,回来肚子疼、发高烧;等等。

一番联系后,请的打王先生要第二天早上才能过来,这种情况也没法送医院,只能一干亲朋好友先守着。夜晚过了十二点,村里来看望的人逐渐散去,几个青年人也到外间打牌去了,里间就剩下马向东陪着。眯眼打了个盹,忽然间,就听到马向勇说道,永昌公,你怎么来了?马向东惊了一下,见马向勇瞪眼看着天花板,接着又说道,交椅在那,自己坐啰。

永昌公是马向勇的三叔公,已过世多年。马向东知道马向勇这是说阴话了,还没等马向东回过神来,又听马向勇说道,荣大,你怎么也来了?荣大是去年车祸去世的,是马向勇的堂哥。就这样,马向勇念到了一连串名字,都是逝去的人。马向东听着,觉得一阵阵阴风灌进后颈,哆嗦了下,汗毛就一根根地竖了起来。

"天灵灵,地灵灵,太上老君速降临,退邪灵,灵威现,佑吾身,此法咒,永太平,如律令!"马向东默默念起了护身诀,也不管有用没用,先用上再说了。

也就在这个时候,马向勇忽然大叫一声,呔!接着说道,尔等小鬼,也敢太岁头上动土,活得不耐烦了,还不给我滚出去。然后,簸椅就咯咯响了起来。

听到响动,在外间打牌的几个青年人冲了进来,看着被绑在簸椅上挣扎的马向勇,又看了眼一旁的马向东,毕竟他是道士,这方面的事,也算是专业了。

马向东见大家看着他,知道是想让他拿主意。说实在的,马向东也从没遇见过这样的情况,心里慌得很,不过大家的眼光也让他缓了下来,眯眼掐了下手诀,说道,你们先把勇大按牢,我烧道符给他喝下去镇一镇。

从行当中找出黄纸毛笔,画了个镇邪的符篆,让人拿了个饭碗,点火烧在碗底,倒上清水,又念了几句咒语,吩咐身边的莲娟婶给灌进马向勇嘴里去。

众人费了好一番力气,才给灌进去小半碗。看马向勇动静平缓了,马向东摆摆手,示意可以了。正当大家舒口气时,马向勇口中忽然喷出一大口水来,马向东恰好凑在跟前,顿时就被喷了一脸。还在迷糊中,便听到马向勇哈哈大笑起来,说道,这等小把戏,也敢拿来对付本大王,真是笑死人了。

说完,依旧哈哈笑个不停。马向东抹了把脸,只觉得那笑声瘆入骨子里了,不由得打了个寒战,回过神来,却发觉马向勇的笑声忽然僵住了,接着浑身一抖,连同那张脸,凝固出一个非常诡异的表情。许久,马向勇缓缓说道:

"马小玲,你怎么也来了?"

二

马向东已经很久没有听人提起马小玲这个名字了。在问溪村,这个名字似乎是被封印了。马小玲三个字,如同魔鬼一般,让人惧而远之。

是十年前的一场人命案件,问溪村的一个叫碎花的老娘客,被发现死在岩头亲爷前。岩头亲爷其实就是一块乌黑的大岩头,位于村口不远处的一山僻处。一直以来就有说法,说这个岩头能够保佑孩子健康长寿,于是有不少孩子就拜这个岩头为亲爷,也就是干爹的意思。

马向东也是听说的,碎花的死状非常可怕,七孔流血,眼睛睁得大大的,像是死前看到了什么可怕的东西。有人报了警,警察过来一番调查,最后认定是得了癔症,自己把自己吓死了。不过村里人似乎不大相信这个结论,认为碎花是得罪了马小玲,而马小玲小时候曾拜这个岩头为亲爷。

　　碎花在死前一天,曾说马小玲是狐狸精。这是马向东亲耳听到的。那时,马小玲已经不知去向了。过年也没有回家,家里人打电话也联系不上。马小玲父亲马式法找了邻村的说神人问行踪,说神人说是往西方去了,能见着一个无人的村庄,过了一座石板桥,前面是一片大雾,就看不清了。马式法找不到头绪,也知道是凶多吉少,无奈去报了警,派出所查了也没消息,只能把马小玲列为失踪人口。

　　此前,马小玲在温州开按摩店,都传她赚了不少钱。马小玲给家里盖了新房,平时回家过年都是自己开着小车回来的,确实也让村里不少人眼红。马小玲失踪后,碎花就在桥头小卖店里说,马小玲这种女人啊,平时打扮得跟狐狸精似的,肯定是男女方面的事情乱来,被人毁尸灭迹了。马向东正好到店里买烟,听了心里很不舒服,忍不住接过话说,碎花婶,没证据的事,最好弗蒙讲。碎花说,敢做就要敢当嘛,我就讲了又能怎么样。马向东被怼得说不上话,正憋着一肚子气,就听到有人说,那你继续讲啊,信不信我一巴掌把你嘴巴扇烂。马向东循声一看,竟是马向勇走进店来。

　　也不知道马向勇是什么时候回来的,那时,马向勇在温州混社会,是村里人说的破儿,也算名声在外,就是同村人也怕他几分。碎花看到马向勇,不由得愣了一下,眼神里露出一丝怯意。不过碎花在村里也是有名的泼辣,是个不服输的角色,退后一步就站住了,说,哦,你是马小玲什么人啊,管得着吗?姘头佬吧,也不怕倒霉。见马向勇抬手,她就往地上一滚,叫喊着,皇天,打人啰。还好店里人多,把两人分开安慰了下来。

碎花出事后,马向勇也被警察叫去问过话,不过那天马向勇与碎花吵闹后,就离开了问溪村,有不在场的证据,自然很快就出来了。此后,村里就再也没人敢提马小玲了。

也是从那以后,马向东忽然得了一种怪病,当然,也不能说是病,就是半夜三更时,耳朵里会突然痒起来,还会隐隐听到有人说话的声音。竖起耳朵想去听清楚,却越发痒得厉害,然后"吱——"的一声,长长的,就什么也听不到了。

无声中,马向东眼前就会跳出来一些画面,大多是关于马小玲的,而出现最多的,大概就是马小玲第一次给他洗头时的场景。

初中毕业后,马向东跟着村里人去温州打工,在双屿的一家皮鞋厂做鞋帮。那天,马向东去厂对面不远处的阿春理发店理发,刚进了店里,就见一扎着马尾辫的姑娘迎了过来,两人一对眼,就觉得面熟,支吾了好一阵子,才知道是同村的,只不过隔了条溪。姑娘叫马小玲,在这里学理发做学徒。当时,马小玲还是十七八岁的年龄,身子略有些单薄,神态也有些羞涩,而脸颊上泛出的桃花,也让马向东突然感到心跳加速。

是马小玲给洗的头。马向东永远也忘不了那次洗头的感觉,当泡沫蒙住他耳孔的时候,仿佛什么都听不见了,只有指尖划过他的耳垂,凉凉的,痒痒的,往心里钻去,然后身体里生出一种莫名的渴望,等待着,兴奋着,又惶恐着,直至一瓢暖水冲了下来……

这个时候,马向东的身体就会一哆嗦。在马小玲没出事前,那是浑身通畅的;但在得知马小玲失踪后,特别是碎花出事后,那一哆嗦后,就会浑身僵硬,冷气嗖嗖冒出,而想象中碎花的死状,也会浮现在眼前,也不知多久才能缓过来。

那大概就是失眠吧,马向东这么想着。不过,马向东也不想让人看出异样来,哪怕第二天眼睛红了,别人问起来,也会找各种理由搪塞过去。他跟马向勇不一样,马向勇是不怕别人说闲话的。马向勇喜欢马小玲,是明目张胆的,他曾对马向东说过,马小玲叫他干啥他就干啥,就是让他把心挖出来给她,他也乐意。

马向勇说这话,是马小玲在温州自己开理发店的时候。马小玲在阿春理发店做了半年多学徒,就自己开理发店了。一般人都要学个一两年才出师,马小玲算是手特别巧的那种。

马小玲的手特别修长,而且白,指尖柔软,指甲背粉红如桃花。马向东是学了道士后才知道,这样的手叫勾魂手。父亲床底木箱子里的一本相书上说,长着这样手的人,尤其是女人,能勾人的魂魄,碰着要小心,能避就避开。不过,马向东知道的时候,已经太迟了。

马向东从小就属于胆小的那种,知道自己是喜欢马小玲的,却一直不敢表示。直到与安徽的两位工友结拜为兄弟,也想着在温州闯出个名号后,马向东才突然心血来潮,要在马小玲面前表现一下。

马向东印象很深刻,记得是在一家小酒店里,三人喝了半箱白鹿城后,有人提出来要结拜为兄弟,于是他们模仿香港电影《古惑仔》里的情节,从钥匙串里扳出把小水果刀,在啤酒碗里歃血为盟,完成了结拜仪式。就是在那次酒后准备回厂时,马向东看到了马小玲的传呼,回了电话才知道,马小玲的理发店开业了,请他去热闹热闹。听着马小玲那糯糯的声音,马向东的一颗心也顿时热闹起来。

之前,马向东已经有蛮长一段时间没见着马小玲了,好几次装作路过马小玲做学徒的理发店时,都没看到马小玲的身影,硬着头皮进去,问起来才知道,马小玲已经离开,说是提前出师了。马向东不免失落,自从那次马小玲为他洗头后,他便成了这家理发店的常客,洗头理发其实只是借口,就想着见见马小玲,能让她亲手为他洗头是最好的,即使安排不到,能感受到马小玲在身边也是一种特别的享受。

也想着给马小玲打个传呼,却往往对着电话就泄了勇气。现在,作为在温州有兄弟的人,马向东觉得机会终于来了。马向东去参加马小玲理发店开业式时,特意穿上了那身省吃俭用花了好几百元买来的西装行头,并戴了副墨镜,在宿舍镜子前捋了好一阵子头发,才出门赶了过去。

马向东去得还是有点早,到达理发店的时候,马小玲正跟一个姑娘在玻璃门上贴红字,看到马向东的样子,马小玲隔着玻璃门眼睛瞪了好一会儿,才推门说,东嫂,是你啊,穿成这样子,差点就认不出来了。马向东看着马小玲烫着大波浪,也有点恍惚,说,你这样子,我也差点认不出来了。马小玲说,快进来吧。马向东走了进去,说,有什么需要我帮忙的吗?马小玲想了想,说,哦,你个子高,帮我把门上面的字贴一下。

正在贴欢迎光临的"欢"字,门口有四五辆三轮车停了下来,是马小玲几个姐妹送花篮来了,顿时叽叽喳喳的,场面就热闹了起来。还没等花篮摆放停当,就见有一辆黑色轿车驶了过来,巷子本来也不宽敞,再加上来往行人,车子开得很慢,像是放了慢镜头,喇叭声中,车头那个奔驰标志更显得熠熠生辉。在那个时候,奔驰车在温州也算是豪车了,至少在马向东眼里,这不是一般人能开的车子。他厂里的老板,开的也只是桑塔纳。

那奔驰车就在马小玲的理发店前停了下来,然后车门打开,一个梳着大背头戴着墨镜穿着风衣的大个子从车上下来,手里还捧着一大束鲜花,在众人注视中,喊了声"马小玲"。这时,马向东才回过神来,来人竟是马向勇。

马向勇在温州的名声,马向东是早就听说过的,尤其是在南站那一带,马向勇以勇猛出名,人称"南站勇"。马向东刚到温州的时候,也想过去找他的勇大,不过双屿到南站还是有些距离的,又没有联系方式,就搁置了。

马向东没有想到,会在这样的场合遇到马向勇。虽然还不知道马向勇跟马小玲到底是什么关系,见着马向勇这样的派头,也不知为什么,顿时觉得心里空荡荡的,好似自己的身体被什么掏空了,接着便像泄了气的皮球,整个就塌了下去。

马向勇似乎也没想到会在这里遇着马向东,愣了下,向前迈了一步,一伸手,搭在马向东的胳膊上,说,东姆,你怎么在这里?马向东龇了下牙,说,我在这边厂里做皮鞋呢。马向勇说,那你怎么都不来找我啊?马向东说,我也想啊,可厂里忙,走不开,没时间。马向勇说,你个小子,大变样了,还挺有派头的嘛。马向东说,勇大,跟你比差远了,你那才叫派头。

马向东也是后来才知道,马向勇开的奔驰车是他老板的,老板人称林总,在温州开了好几家夜总会,还是商会的会长,在温州很吃得开。

马向勇曾跟马向东透露,林总除了每月给他发工资外,还对他特别照顾,譬如像去夜总会消费什么的,只要挂单就可以了。他的工作,就是万一有人捣乱,出来摆平就可以了。马向勇有时打架进去了,出来都是林总派人来接的,林总还会亲自在大酒店给他接风洗尘。

是的,刚在马小玲理发店开业时遇着马向勇时,马向东还有一丝侥幸心理,不过当马向勇对着马小玲说出"小玲,你这店我罩定了,以后你的事就是我的事"时,马向东就知道,没自己什么事了。

不过有意思的是,尽管马向勇各种表示自己喜欢马小玲,马小玲却没有表示出喜欢马向勇的意思。原因其实也很简单,那时马小玲喜欢的男人是个温州本地人,听说家里是办厂的,条件比马向勇要好多了。

只是,马向勇也没有退缩。马向勇曾对马向东说过,总有一天,马小玲会觉得他好,会跟他好的。马向勇的勇气与信心,让马向东自愧不如,只能把自己那份心思埋在心底深处,有时半夜三更翻出来惴一惴而已。

三

马向东是在马小玲开了按摩店后,才听从了父亲马克样的建议,学做道士的。在农村,做道士虽然收入不错,但算不上体面。马克样之所以让儿子跟他学做道士,是因为马向东从温州回来后,一直没有再出去的意思,他这才下了决心。

自己的孩子教起来自然要方便得多。道士这行业,在旁人眼里或许有点神秘,其实也是有套路的,提了些要领,让背了些口诀,画了些符箓,带出去跟了几场法事,马向东便有些上道了。

马向东回来后几乎就跟马小玲断了联系,但在内心深处,还是少不了挂念。从表面来看,马向东学做道士跟马小玲没什么关系,但马向东也知道,他之所以这么做,跟马小玲也脱不了关系。

在马小玲开理发店的时候,马向东就跟她店里一个叫春红的姑娘好上了,还是马小玲给促成的。平时两人都有点内向,属于不主动的那种,马小玲先问了春红的意思,春红对马向东是有好感的。又问马向东的意思,马向东其实心思还在马小玲身上,却也知道是不可能的,或许是怕心思被马小玲知道,就违心地点了头。见两人温温吞吞的,许久不见关系有进展,马小玲一不做二不休,借吃夜宵拉着两人去路边摊喝了不少酒,又设计把两人反锁在房间里。两人就糊里糊涂地睡到一张床上去了。

马向东酒量不是很好,喝得也有些上头了,隐隐约约记得,似乎是春红更主动一些。清醒后,也有一丝莫名的后悔,但男女之事也给了他异样的刺激,有了第一次,后面一时就停不下来了。

马向东自从跟春红那个以后,就发现自己看马小玲的眼光也发生了变化,特别是当他发现马小玲跟岳飞鹏关系特别的时候,脑子里就会浮现出一些不该见着的画面,更有一种戳心窝子似的莫名难受。

岳飞鹏平时也叫阿鹏,就是那个温州本地人,马向东第一次看到他,是在马小玲的理发店里。恰好是春红给他洗头,就在泡沫蒙住他耳朵时,一个温州腔调钻了进来。

在温州久了,马向东虽然还不大会说温州话,但听懂还是没问题的,只是耳朵被泡沫蒙着,有点模糊而已。无非就是顾客跟店主的日常套话,在理发店里,语气会轻佻一些,也早习以为常了。

印象中,岳飞鹏上唇留着小胡子,下巴却刮得干干净净,戴着副茶色眼镜,穿着花衬衫、牛仔裤,理完发后,还要打上一头摩丝,十足花花公子的派头。可以说,初次照面,马向东对岳飞鹏的感觉便不是很好。

马向东发现岳飞鹏跟马小玲关系不同寻常,也是偶然的。那天夜里迟了,理发店也已关门,马向东正与春红吃完夜宵准备回去,春红忽然想起,钥匙落在理发店里了,两人转了回去,马向东试着往上一拉铁拉门,哗啦一声,见理发店里竟还亮着灯,是粉红色的氛围灯,透过玻璃门,隐约可以看到,一个波浪头的侧影正抚摸着椅子靠背上露出的一个脑袋。

一开始,马向东还以为是遇到鬼了,心跳顿时加速起来,定在那里也不知如何是好。直到"谁啊?"的声音传了出来,听出是马小玲的,才反应过来,是马小玲在替一个男人洗头。而这个男人,就是岳飞鹏。

一个理发店的老板娘替一个男人洗头,这原本是很正常不过的事情,不过在这种情形下,也是很明白不过的事情了。毕竟是老板娘,马向东与春红还杵在那里尴尬,马小玲就把两人关系亮明了,说,刚才我们从公园散步回来,阿鹏说头痒,我就帮他洗洗啦。春红说,哦哦哦,我钥匙落店里了,拿了就走,不打搅你们了。

等春红拿了钥匙走出理发店,拉上铁拉门时,马向东就觉得自己心里也有一道门被拉了下来,狠狠地撞到地上,像玻璃一样地碎了开来。那天晚上,在春红的出租屋里,马向东莫名兴奋,一反以往的被动拘谨,把春红弄得气喘吁吁招架不住,头一次挂出了免战牌。

而马小玲大概也是有点心虚的。当然,不是针对马向东,只是针对马向勇而已。第二天晚上,春红就交代马向东,说马小玲跟阿鹏的事,先保密,特别是不能跟马向勇说。马向东知道,这应该是马小玲的意思,估计也是担心马向勇一时接受不了,会做出对岳飞鹏不利的事来。

那段时间,马向勇追马小玲也是挺紧的,一有空,就会骑着摩托车去马小玲的店里。对于追求女孩,马向勇显然不如街头打架那般拿手。到了店里后,他也会跟马小玲说几句荤话,不过只要马小玲脸色一摆,马向勇立马就会乱了架势,败下阵来,惹马小玲气大了,就连声也不敢吭了。

当然,对于马向勇,马小玲也不是一味地嫌弃,有时也会做小女人状哄几句,把马向勇撩得死心塌地。跟对马向东不一样,不是照顾的意思,而是有点利用的味道了。那时候,温州的破儿多,来理发店捣乱的也不是没有,马小玲也明白,还得仰仗"南站勇"的名头镇一镇。

马向东也是能看出点门道来的,特别是在知道马小玲与岳飞鹏的关系后,就有点替马向勇打抱不平了,又不好对马向勇直说,好在两人遇着也不多。而打心里说,马向东虽然看不惯岳飞鹏,却也不愿马小玲跟马向勇走到一起。马向东觉得,马小玲应该有更好的选择,至于是什么选择,马向东也说不明白。

马小玲与岳飞鹏的关系,到底还是让马向勇知道了。男女之间谈恋爱,就像火烧一样,捂是捂不住的,当马向勇发现马小玲跟岳飞鹏关系不对劲时,第一反应就是找岳飞鹏麻烦,于是带着两个小弟在一条巷子里堵住了岳飞鹏,让岳飞鹏识相点,不要缠着马小玲。岳飞鹏虽说是温州本地人,平时傲得很,但见情形不对,也本着好汉不吃眼前亏的念头,表示自己对不是温州本地的女人没有想法,让马向勇放心。

马向勇想想也有道理,又看不惯岳飞鹏的样子,就让两个小弟把岳飞鹏按住,用剃刀刮了岳飞鹏的小胡子。并告知,如果还敢惹马小玲,下次刮的就不是胡子这么简单了。

马向勇如此做法,却把马小玲给惹急了。在电话里,马小玲把马向勇骂得狗血淋头,还表示,如果马向勇敢再找岳飞鹏麻烦,她就立马死给他看。

马向勇吓得够呛,当即向马小玲承诺,只要岳飞鹏是真心对她好,他以后绝不会动岳飞鹏一根毫毛。马向勇也不知道自己为何会这么怕马小玲,郁闷之际,还找马向东喝了次大酒。

马向东也没有想到马向勇会找自己喝酒。其实,马向勇也不是特意的,是有一次喝得差不多了,在路上遇见了马向东,就又拉着马向东在路边摊喝了起来。

马向勇跟马向东说起了马小玲的事,马向东听了也很郁闷,借着酒劲,说,勇大,你还不明白吗?马小玲是凤凰的心,虽然是从山窝窝里飞出来的,但人家是想留在温州大城市的。马向勇说,心大是好事,但好事不是心大就可以做到的,就怕到时候被人给白白玩了。马向东说,那你能怎样?马向勇说,我会等她想明白的。马向东说,如果等不到呢?马向勇说,一定会等到的。

马向勇还是有先见之明的。确实让马小玲没有想到,没过多久,一个号称岳飞鹏老婆的女人,就打上了理发店。这个女人个头看起来比岳飞鹏还要高大,冲到理发店大声喊道,哪个是马小玲?马小玲应了声,说,你是谁啊?女人说,我是岳飞鹏的老婆,是你这个狐狸精勾引我老公吧?马小玲气得回不上话。女人嘴里喊着打死你个狐狸精,身子就向马小玲冲过去了。

马向东当时就在店里,等他反应过来,两个女人已经扭打在一起了。显然是马小玲吃亏了,无论是气势还是个头都被那女人压着，一番撕扯后，马小玲已被女人逼到了墙角，衣服破了，头发也乱了。终于马向东看不下去了，想仗着自己是男人把两人分开，刚上去准备拉架，就感觉胯下一阵剧疼，也不知是被谁打到了，不由得哎哟一声蹲了下去。

而理发店被大闹的事情，终究还是被马向勇知道了。然后，岳飞鹏的一条腿就折了，是马向勇亲自下手弄的。当马向勇把教训岳飞鹏的事跟马小玲说起时，躺在床上已三天没吃饭的马小玲忽然坐了起来，死死地掐住马向勇的脖子，瞪大眼睛，嘶哑着声音喊道，我要杀了你！

马向勇人高马大，被马小玲掐住脖子，却也不挣扎，梗着脖子，眼睛鼓鼓的，就那么盯着马小玲。而马小玲也没有松劲的意思，双手死死地掐着，马向勇脖子越涨越红，眼睛也越鼓越大。这时陪着春红在一边照顾的马向东忽然想起，马小玲这应该是中邪魔怔了，知道再这样下去的话，马向勇就要给憋死了，急忙起身拿起凳子上的一盆水——那是给马小玲擦脸用的，嘴里念念有词，然后一股脑泼了下去。

这是马向东以前在父亲身边耳濡目染好奇心驱使之下才学会的，方法简便，至于效果如何，马向东也是第一次试。果然，这一盆冷水泼下去后，马小玲就松手倒了下去。而马向勇则是在一阵剧烈的咳嗽后，瞪着马向东，一把抢过塑料脸盆，砂锅大拳头握了起来,一拳就给捶烂了。

被泼了水的马小玲并没有清醒过来,而是开始发烧,嘴里还嘟囔着胡话。最终还是被送到了附近的诊所,挂了半夜的生理盐水后,才慢慢醒来。

马小玲的恢复是神速的,只休息了一天后,就又张罗理发店去了。但马向勇就没这么幸运了,他在送马小玲去医院后没多久,就被警察给带走了。岳飞鹏报了警,派出所特别重视,半夜出警找到了他。

由于把人腿给打断了,属于刑事犯罪,马向勇被判了两年的有期徒刑。据说,这还是马小玲向岳飞鹏求情的结果。马小玲有没有向岳飞鹏求情,马向东其实也是听别人说起的,但在马向勇出狱前两天,马小玲有打电话给马向东,说马向勇要出来了。马向东本来也想跟马小玲一起去接的,没想到走着路莫名把脚给崴了,只能失约了。

那时候,马小玲已经转行开按摩店,并又交了一个叫钱总的老板男友。

四

按摩店的生意显然比理发店更加赚钱,但也更加复杂。

马向勇的老板林总去上海做房地产生意了。出狱后,马向勇就没在南站那边混了,不过他还是留在了温州,时常出没在马小玲的按摩店里。

而马向东还是决定回老家了,他跟春红已经分手了。是春红先提出来的,马向东就同意了。没几天,马向东就发现春红跟一个男人在一起了,是工友告诉他的,马向东只是哦了一声,表示自己知道了。

让马向东产生回去念头的,其实不是春红,而是所谓的结拜兄弟,其中一个叫阿郎的死了。尸体被发现时,已经在塘河上浮起来了,打捞上来发现,肚子上有被刀捅的伤口,报警后,也没查出什么,最终还是不了了之了。

马向东也被警察叫去问了话,起初还想着像录像里那样,为兄弟慷慨陈词一番,没想到一进去气势就被压牢了,心里慌得说话也不利索了,结结巴巴的,让警察起了疑心。后来还是确实有案发时间不在场证据,才给放了出来。

此事后,马向东也就心灰了,彻底断了在温州继续待下去的念头。临走前,马向东去马小玲店里做了一次按摩。自从马小玲开了按摩店后,马向东反而很少跟马小玲联系了。一来马向东觉得,按摩店还是有点不正经的,心底里还是希望马小玲不要做这事;二来马小玲也确实更忙了,就是去她店里,有时也跟她说不上话。

马向东就那么老老实实地做了一次按摩，他本来是想再见一见马小玲的，但按完出来以后，马向东就在前台遇见了钱总。钱总大腹便便的，靠在沙发上，端着一杯茶，噗噗地往杯里吐茶叶。马向东是知道马小玲与钱总关系的，顿时又有一口气噎在心头，直至到马路上一溜小跑后，呼吸才慢慢地顺畅起来。

马向东回到问溪村后，就在家里躺着，好几天没有出门。母亲叶秋娟首先察觉出了异样，开始还以为是感情受到挫折，在马向东这个年纪，这是最常见的可能，按经验说不去冲绊（即打搅），给吃给喝，缓下情绪就可以了。没想到几天过去，马向东的情况却越发严重了。

连马向东自己也没有想到，自己睡着睡着，脑子竟会迷糊起来，眼皮也愈来愈重，就是在大白天，也很难睁开。马克样还以为是马向东偷懒，倒是叶秋娟觉得，儿子可能是被鬼摸了，就跟老伴提起。被这么一说，马克样也嘀咕纠结了起来，一方面觉得自己这点手段在儿子身上可能不大好使，另一方面又不能明讲自己手段不行没有效果，最终还是想了个两全的办法，打发叶秋娟去诊所买点"三两半"，到时杀只鸡给儿子补下，并趁这个空当，一个人作起法来。

马克样按了五雷手诀,对着一碗清水念念有词,然后端起来,含了一大口,就向着马向东额头喷了下去。马向东一个激灵,就从床上弹了起来,瞬间清醒了不少。只是感觉身体虚得很,坐着摇了一会,就又躺了下去。

马克样问了几句,见孩子虽然虚弱,却也回答正常,不由得松了一大口气。等叶秋娟回来,两人杀鸡烹煮。那天晚上,马向东胃口还没上来,就喝了一大碗鸡汤,一觉醒来后,已是第二天早上了,脑子已经恢复清醒了,肚子更是饿得发慌。

马向东身体恢复以后,感觉自己还是跟以前不一样了。其中,最大的差别就是眼睛经常会看到一些奇怪的东西,冷不丁地会有黑影一闪而过,特别是晚上一个人上茅房时,吓得尿湿裤子也不是一次两次了。

一开始,马向东还猜想是不是父亲给自己开了所谓的天眼,使他看到了一些不该看到的东西。但时间一长,耐不住惊吓,还是忍不住去诊所看了医生。医生给他开了一支眼药水,让他每天睡觉前滴一滴,没想到两天后症状就完全消失了。

此后,当父亲提出让马向东学做道士时,他已经没有抵触,完全放下了。要想在老家待下去,学一门手艺是必须的。

马向东是在过年的时候碰见马向勇的。马向勇是年底二十七八才回来的,两人住得不远,算是上下间屋,碰见时,正好是黄昏,他就拉着马向东一起喝酒了。

两人喝着,不免说起马小玲。马向勇说,马小玲变了。马向东说,怎么了?马向勇说,她跟以前不一样了,以前我跟她在一起的时候,不管她怎么对我,心里总有一种温暖的感觉,现在跟她在一起,心里却是感觉冰碜碜的。马向东不由得笑了起来,说,那是不是你变心了?马向勇说,不可能,天地良心,我对马小玲的心一直没有变。喝了一口酒,又说道,不知道是不是中邪了,老子的心好像就挂在她身上,拿不回来了。马向东说,要不,我帮你做个法事吧,把心拿回来。马向勇说,做你个头,你那两下子,我还不知道。

是的,对于马小玲的感情,在马向东面前,马向勇是从来不避讳的。马小玲哪里变了,马向勇也一时说不出来。而马向东也隐隐感觉到,在马小玲身上,会有一些事情发生。

只是让马向东没有想到的是,马小玲竟然失踪了。消息传到马向东耳朵里时,已经过了一段时间了。据说,与马小玲一起失踪的,还有她的男友钱总。钱总是外地来的老板,在温州做建筑方面的生意,至于有没有老婆,马向东也不是很清楚,但钱总跟马小玲好,马向东还是知道的,马小玲开按摩店就是钱总出资的。

由于马小玲与钱总好上是在马向勇出狱之前,马向勇也就默认了他们之间的关系。不过马向勇觉得，马小玲与钱总的关系是不可能长久的，跟自己好是迟早的事，也就没把自己当外人看。他们三个人的关系，在马向东看来，也像是中了邪一样，说不清，也很不正常。

都说山头人传造反，失踪的事情传到马向东这里，自然说法就很多了，有说马小玲跟钱总私奔了；有说马小玲与钱总被人杀了，尸体沉河了；有说马小玲被钱总杀了，钱总跑路了；有说马小玲把钱总杀了，自己跑路了……反正什么说法都有。不过论起起因却都是差不多的，无非是说马小玲是烂桃花，是祸根。

马向东后来也问过马向勇，马向勇也说不明白，只是坚持认为，不管怎样，马小玲还活着。马向勇的理由是，最后一次见着马小玲时，马小玲曾跟他说过，岩头亲爷生日的时候，她要回去拜一拜。原因是，她曾向岩头亲爷许过愿。马向勇问是什么愿，马小玲笑了笑，说，这愿说出来就不灵了。然后又很认真地对马向勇说，万一我过年忙走不开的话，到时你帮我回去烧个香拜一拜吧。

由此判断，马向勇觉得马小玲心里确实藏着事，也不想让别人知道。不过能向岩头亲爷许愿保佑，说明还不至于想不开，这突然失踪了，只是想去另外一个没人晓得的地方避一避，人应该是没问题的。

对于马向勇的判断，马向东也觉得有些道理。此前，他曾做过一个梦，在梦里，马小玲被困在一个小木屋里，四面都是水，看不到边，他能看到马小玲呼喊着，却听不见她喊什么。马向东也把这个梦跟马向勇说了。马向勇听了，当时也没有说什么。

接着，马向勇也失踪了。接连两年马向勇都没有回问溪村过年，平时更是没见着人影。马向勇的母亲早年就已出走不知去向，他是跟着父亲长大的，由于从小就顽皮，喜欢打架惹事，父亲早已不怎么管他，以至于很长一段时间后才被人说起。

当然，马向勇不是真的失踪。直到第三年过年，马向勇又回到了问溪村。这三年，马向勇没跟其他人说起他去了哪里，他只是跟马向东说，他找了三年，都没见着马小玲的踪影。

听到马向勇这么说，马向东眼角就酸了。这三年来，马向勇就像变了个人似的，以前穿着都是很讲究的，现在却烂败得像个讨饭人，三十岁还未到，白头发已经有不少了。虽然人高马大的，底子还在那里，但以前那种霸气已看不见了。说实在的，马向东也有去找马小玲的想法，不过家里给他找了个媳妇，人也还过得去，自然也就是想想，不可能付诸现实了。

也就在马向勇回村后不久，传来钱总被人找到的消息。据说是在温州边上的山崖下找到的，整个人就剩下一副白骨了。警察还为此到了问溪村，问起马小玲的消息。也就是说，马小玲到底是死是活,还是没有确定。

此后,马向勇也一直没有放弃寻找马小玲。不过跟之前一找三年不一样的是,之后每年都会回来一段时间。已经过了混社会的年龄,马向勇对别人说是出去打工,但只有马向东知道,他是一边打工一边找马小玲。马向勇说,总有一天,他会找到马小玲的。马向东知道马小玲基本是凶多吉少了,也劝过马向勇,说,如果一直找不到怎么办?马向勇说,那就一直找啊。马向东想了想,忽然想到了另外一种可能,说,那如果找到了,你想怎样?马向勇愣住了,呆了老半天才说,我也不知道。

就这样,一晃十几年过去了。已没有什么人提起马小玲,到了后面,连马向勇也没再跟马向东提起马小玲了。但马向东还是能确定,马向勇一直都在寻找马小玲。

而就在最近,马向东忽然发现马向勇变了。那是在马向勇回村后,被鬼摸的前两天。马向东遇见马向勇,路上也就打个招呼,随便问了几句,就感觉马向勇眼里多了一样东西。这种东西在马向勇眼里一闪而过,马向东就感觉马向勇跟以前不一样了。

五

第二天早上，打王先生赶到马向勇家时，马向勇还在昏睡。自从头天晚上马向勇提起马小玲，听到的都给吓着了。特别是马向东，更是觉得意外。如果马向勇说的确实是阴话，那也就是说，马小玲已经死了。或许，她是来告诉马向勇，以后不要再去找她了。

只是也不知为什么，马向东还是不愿意相信马小玲死了。也隐隐感觉，马向勇是不是隐瞒着什么。

马向东记得，马向勇在跟马小玲说阴话的时候，表情明显跟之前是不一样的。记得马向勇第二句话是这么说的，这么多年，你去哪里了？接着又说道，你头发怎么这么湿啊？当然，马向东没有看到马小玲，更没有听到马小玲说什么，只是听马向勇又叨叨了一阵子，叹了口气，说道，好好好，我走还不成吗？忽然间，马向勇好像被什么给掐住了脖子，涨红了脸，嘶声道，你要去哪里，快告诉我。然后双眼一白，就晕了过去。

马向东壮着胆，上前探了探呼吸，发现还是正常的，不由得松了口气，又贴近耳朵边，勇大勇大地叫了几声，有听到嗯嗯的回应，才暂时放下心来。

是的,只能等打王先生到来了。当然,打王先生不是一个人过来的,而是带了一个班次好几个人过来。打王先生叫王福通,是隔壁后山村的,虽说道士文武不搭界,马向东却也见过他两面,平时碰见不叫先生,就跟着其他人老王老王地叫。

老王见马向东在这里,也觉得有点意外,不由得寒暄了几句。而当他看到马向勇的时候,整个人就愣住了,抽着烟的手抖了下,烟就掉地上了。马向东也是后来才知道,老王曾是马向勇的小弟,跟着马向勇在温州混过一段日子。

在老王一帮人的指导下,村里前来帮忙张罗的人,半天时间,就把场地布置好了。按照老王的说法,马向勇这一次碰到的是大货,得吊九楼才可以。于是,就在门前坦(庭院)搭了九张八仙桌,摆好道场,开始敲敲打打起来了。

吊九楼是最难的,打王先生得一张张桌子翻上去,好比登天一样。到了最高的桌子,上面放有一饭甑,还得站在上面边舞灵刀,边念口诀,吹响龙角,才能把所谓的天兵天将借下来。当然,这也是整个打王过程中最刺激、最吸引人的地方。

而作为文道士的马向东,在这个过程中,也是提着心看得紧张。让他没有想到的是,就在老王准备踩上饭甑时,忽然脚下一滑,整个人就歪了下来,还好一只脚钩住了桌角的竹竿,又慢慢地坐了起来。

这一滑,确实把在下面看的人都吓着了,啊的齐齐一声,连锣鼓都停了下来。后来老王解释说,他打了十来年的王,还是第一次碰见这样的大货。关键时刻,还是师父教的绝招救了他一命,否则这次就凶多吉少了。马向东忍不住问是什么绝招。老王说,这个师父交代过,不能说。也有人问,这个大货是什么?老王说,是千年的狐狸精,还好请来天兵天将给收走了。

确实有点让人感觉不可思议,老王这么一折腾,马向勇就清醒了过来。准确地说,打王仪式还没结束,就在老王骑着扁担,把所谓的大货送出门时,马向勇就清醒过来了。马向勇醒来后第一句话就是,我肚子饿了。

醒来后的马向勇似乎不知道发生了什么事,他只记得自己昏昏沉沉地睡了一觉,然后就觉得肚子饿得受不了,接着就一口气吃了三大碗饭。饭后,马向勇也慢慢明白过来了。当老王在一阵敲锣打鼓声中从村口转回来,面对面时,两人都愣住了。虽说十几年过去了,但对方的模子还是在的,老王先开了口,轻轻地喊了一声,勇大。马向勇笑了起来,说,你小子,以前还怕鬼,现在敢打鬼了。见马向勇戳他老底,老王也呵呵地尴笑起来。

此事后,马向东晚上又做了一个梦,梦见马小玲被困在一个小木屋里,四面都是水,看不到边,然后,就听到马小玲呼喊道,救命啊,快来救我!马向东不擅长游泳,只能看着干着急,就在此时,一只手忽然从小木屋里伸了出来,小木屋就破裂了开来,接着一个满头是水的男人抱着马小玲,从小木屋里走了出来,四面的水迅速退去,连同男人头上的。马向东终于看清楚了,那个男人就是马向勇。

马向东也不明白,自己为啥会做这样的梦。不过做这个梦后,他就没有再见着马向勇了。

马向勇又失踪了。起初,大家也没多在意,马向东觉得,马向勇又去找马小玲了。年底没见马向勇回家,过完年后许久,还是没有见到马向勇,就听到有些说法了。有人说,在广州那边某个地方看到跟马向勇很相像的人,不过看到后自己有急事没来得及问就匆匆离开了,还说马向勇身边有个女人,跟马小玲有几分相像。

又过了一段时间,传言就慢慢地淡了,村里人也很少再提起马向勇了。不过对于马向东而言,他的内心一直是有牵挂的。马向东永远忘不了,多年后的那个夜晚,月光很亮,他一个人走着走着,就走到岩头亲爷那里。走近了,便看到一个女人站在那岩头下,看背影似乎是马小玲,他心里一阵发瘆,不过还是忍不住走了过去,拍了拍女人的肩膀,也就在那一瞬间,他感觉就像是拍在石头上,坚硬、冰凉……

保护马卫东

一

奚月茶突然觉得，整个问溪村的人都癫了。这种感觉是在一个早上产生的。

记得那天，天空炸响了一个惊雷，声音如此巨大，以至于奚月茶整个脑瓜子都蒙住了。当时，奚月茶正在上龙坳拜佛。上龙坳的马氏娘娘庙远近闻名，不少去过的都说灵。奚月茶是赤脚医生，以前也不大相信这些，但最近一段时间以来，总感觉有声音在耳边嗡嗡地响，后脑勺还一阵阵地发凉，好似有什么东西跟在她后面，一转身却什么也没看到。次数多了，奚月茶不由得恍惚起来，还以为是自己身体虚了，打了两个鸡蛋，杂着冰糖状元红煮着吃了，又嚼了些药店里浸了蜂蜜的黄芪，也没见反应,便觉得是真的惹了什么脏东西,得去拜一拜了。

雷声炸响以前,先是一道闪电划过马氏娘娘庙,奚月茶看见马氏娘娘塑像脸上一亮,原本细长的眼睛就圆睁了起来,瞳孔里发出摄人的光。她惊得身体一抖,还没等她反应过来,又是一个雷声炸了下来,顿时脑子一片空白,恍惚三魂六魄已经离开了她的身子,也不知过了多久,才感觉有意识回来了。

是的,奚月茶还能感觉到,自己跟以前不大一样了。最明显的,就是现在的她能知道别人心里是怎么想的。这是一种神奇的感觉,仿佛别人心里也长着一张嘴,她耳朵一竖起来,就能听到在说些什么。

而证据就是,跪在她身边的老娘客伴——马冬梅。在问溪村,马冬梅算是奚月茶最讲得来的,她们认识已经十多年了,在奚月茶嫁到问溪村时,马冬梅是接姑之一,一来二往,或许是两人脾气相投,又是上下间屋,关系自然就走得比别人近一些。这次奚月茶来上龙坳拜佛,便是马冬梅主张的。奚月茶向马冬梅说起自己心里毛毛的,好像有什么跟着一样,马冬梅就拉着她过来了。两人都没跟别人说起,包括自家的老公,头天晚上洗了身体,第二天起床换了干净的衣服,一大早就出发了。

惊雷平静下来以后,奚月茶侧过头,就看到马冬梅脸色很难看,逆着光,像是罩了一团乌云。奚月茶仿佛看到了自己,心里一紧,说,雷打修行人,这雷不会是打我的吧?马冬梅说,放宽心吧,雷如果打你的话,你还能跟我说话吗?奚月茶想了想,说,做医生,算不算修行人啊?马冬梅说,医生治病救人,娘娘会保佑的。

也就在这个时候,奚月茶突然听到一个声音响起:哼,算什么修行人,还不是为了赚钱。奚月茶吓了一跳,以为自己听错了,忍不住又问了一句,治病救人赚点钱,有错吗?马冬梅说,那是应该的,医生也要生活啊。这一次,奚月茶没有在意马冬梅嘴里说什么,而是盯着马冬梅心脏的位置看。果然,马冬梅的心"说话"了:"得了吧,一块钱的药卖两块,打个针挂个生理盐水还要另外再收费,你这不是赚钱,而是谋财,太杀心了。"

顿时,奚月茶觉得脸上烫了起来,她原本是想解释一番的,却发现自己的嘴巴好像被缝上了,一张口就感觉唑唑地扯疼,只能紧闭着,直到脸涨红了,也不敢松开口呼吸一下。

回家的路上,奚月茶也一直没有说话。马冬梅还不时地问怎么了。终于奚月茶忍无可忍,在一个分岔路口,故意落在后面,趁机拐到另一条道上,等马冬梅反应过来时,奚月茶早已跑远了。

奚月茶最终还是被找着了。不是马冬梅,而是村里人找到她的。奚月茶迷路了,走到另一条道上,越走越荒凉,山风吹来呜呜地响,瘆得心里直发慌,天也越来越黑了,还下起了雨。奚月茶跑了好一阵子,却没见着一间房子,也没看到一个人。奚月茶大口喘着气,才发现嘴巴可以张开了,想着喊叫几句,却发现喉咙被风塞住了。

奚月茶转过身子,想原路返回,却发现已经回不去了。是的,奚月茶费了老半天时间,却只是在原地打转。走来走去,都会看到路边山坡上那个长的像谷篓一样的岩洞,实在累得不行了,雨又逐渐大起来,只能爬上山坡躲进岩洞里歇息一下,没想到坐下来一靠过去就睡着了。

奚月茶就是在那岩洞中被村里人找到的。天色已经乌黑了,忽然一道亮光在她眼前炸开,就听到了熟悉的声音。"找到了,找到了,人在这里呢!"分明就是隔壁马百顷的声音。

对于这个声音,奚月茶感到无比恐慌,之前,她听到一个声音说,村里人都癫了,你要小心。奚月茶看了看四周,没见有人的影子,便说,你是谁? 你在哪里? 那声音说,我是这里的山神,就住在这里。奚月茶说,你为啥要告诉我这些? 那声音说,我是在保护你。奚月茶说,你为啥要保护我? 那声音说,因为……

也就在这个时候,奚月茶被亮光刺醒了。看到马百顷大呼小叫着,奚月茶第一反应就是赶紧逃跑。不过,就在奚月茶跑出岩洞,往山坡上爬去时,忽然感觉脚踝被什么给扯住了,好几束光照了过来,像钉子一样把她给钉在那儿。奚月茶知道自己逃无可逃,手脚顿时失去了力气。

吆喝声、脚步声,在一片杂乱中,奚月茶趴在那儿,嘴巴啃住了腥涩的青草、泥土,耳朵里叽里咕噜的,那是一群癫人在狂欢。而那个说要保护她的山神,却一直没有露面。

二

奚月茶是被村里人轮流背回家的。奚月茶没有挣扎反抗,她忽然很想回家。

是这样的,奚月茶想到了马卫东。马卫东是她的孩子,还不到七岁。奚月茶是在结婚五年后才生了马卫东的,没想到马卫东三岁的时候,忽然得了脑膜炎,虽说发现及时,赶紧送到了县人民医院抢救,却也落下了后遗症,整个人反应就有点呆了。奚月茶去拜马氏娘娘时,原本准备中午前就赶回家的。

奚月茶问马世海孩子在哪。马世海说在家里,奶奶带着呢。马世海是奚月茶的老公,也是第一个背奚月茶的。奚月茶听了心放下不少,又突然想起,马世海有没有癫呢? 于是她又问马世海,你心里在想什么? 马世海愣了一下,说,没想什么啊。这时候,奚月茶已经竖起了耳朵,就听到马世海的心在说,我快要癫了,你知道吗?

听到马世海的心这么说,奚月茶的心稍微放下去了点,看样子,马世海应该还没有癫。不过,奚月茶马上又想到一个问题,孩子的奶奶,马世海他妈有没有癫呢? 万一癫了,那马卫东怎么办? 一想到这里,奚月茶的心就拧住了,看到马世海走得慢吞吞的,就忍不住往他脖子咬了一口下去。

吃痛之下,马世海顿时向前跑了起来,他不能松手把奚月茶扔下,又不敢大声喊叫,只能化疼痛为速度了。跟在后面的马冬梅看到了,也不知发生了什么,也随着跑了起来。村里其他人看到了,还以为是碰见什么可怕的东西,也咋呼了起来。

而为了吸取教训,马世海决定把奚月茶的嘴巴封起来。马世海竟随身带了纱布,他跑累了放下奚月茶时,在马冬梅的帮助下,就用纱布在奚月茶的嘴巴上绕了好几圈。这时候,奚月茶才觉得马世海已经癫了。面对这么一群癫人,奚月茶觉得,她得老老实实的,先见到孩子再说。奚月茶没有再咬人,也无法咬人了,到了后来,还趴在村里人背上睡着了。

当奚月茶再次醒来的时候,已经是在自己家的床上了。床沿坐着的是马冬梅,还有孩子的奶奶刘二妹,她们低着头,一副昏昏欲睡的样子。天色已经亮堂了,窗格外是一片白,奚月茶不知道自己到底睡了多久,只是睁眼后没有看到马卫东,不由得从床上弹坐了起来,说,马卫东呢?两人吓得直了起来,还是马冬梅反应快些,说,马卫东玩去了。奚月茶说,快,快去找他回来。直觉告诉奚月茶,马卫东只有在她身边才是安全的。

马卫东终于被叫到奚月茶的身边。马卫东有点畏缩,他似乎感觉出母亲的异样,不过还是乖顺地站到床前,喊了声妈。奚月茶让马卫东坐上床来,马卫东眼神迟疑了一下,就坐上床去。搂着马卫东瘦小的身子,奚月茶焦躁的情绪也慢慢平缓了下来,但她知道,如果猜得没错的话,这只是村里人的缓兵之计,像马冬梅与刘二妹,就是村里人派来监视她的。

这里面一定有个大阴谋。奚月茶觉得,这个阴谋是跟马卫东有关系的。一种奇异的感觉冒了出来,奚月茶突然发现马卫东头上竟闪着光,像灯泡一样,房间里原本有些灰暗,但现在好像能够看清楚了。

那感觉告诉奚月茶,马卫东来到这个世界,就像以前公社工作队的同志说的,这孩子灵光,将来一定会有出息的。奚月茶听了,就觉得马卫东将来也会成为工作同志(即国家机关工作人员)的。只是马卫东得了脑膜炎后,奚月茶就难免有些动摇了。这让奚月茶非常自责,觉得是自己没保护好马卫东。但现在,奚月茶又有了相信的理由。这个发现让她心情激动,但很快又害怕起来,有出息的人,可能有人会害他。譬如说,她与马世海结婚五年后,马卫东才来到人世间,这就是很不正常的。除非,有人从中作梗。那又会是谁呢?

奚月茶首先想到的,就是马冬梅。是的,在她与马世海结婚一年后,就开始听到了闲话,到了第三年,更是有明目张胆的人,说奚月茶是不会生蛋的母鸡。至于马冬梅,那时已跟同村的文向德结婚,生了个儿子,不时以关心的名义,神秘兮兮地跟她说夫妻生活要注意什么,还会推荐农村的土方、偏方,她也默默照做了,结果是什么结果都没有。奚月茶也是学医后才知道,马冬梅跟她说的,医书上基本没有记载。

而关于学医,是奚月茶结婚后三年多的事了。她是大队宣传队的积极分子,还在《红灯记》里扮演李铁梅,加上马世海的伯父是大队书记,她以前在娘家又读过几年书,属于又红又专的对象,县里要搞赤脚医生培训,问溪村的名额没费太大周折就落在了她的身上。做了赤脚医生后,忙碌及成就感,也或多或少减轻了她迟迟不能生孩子的焦虑,不过就在她以为生育无望的时候,竟忽然怀孕了。现在想起来了,就在她怀孕之前,马冬梅突然得了一场怪病,不痛不痒,就是浑身无力,去县人民医院也查不出什么名堂,在家里躺了一个月后又莫名其妙地好了。有意思的是,还是马冬梅好了后,奚月茶才发现自己怀孕的。

确实,这时间太凑巧了。那是不是可以这么理解,以前她一直无法怀孕,就是马冬梅搞的鬼。马冬梅这么做,就是怕马卫东来到这个世界。至于是什么原因,以前不明白,现在有点明白了。

当然,也还有另外的可能,那就是马冬梅的二姐马秋菊。据说马秋菊以前喜欢过马世海,虽然马世海一直都是否认的,但无风不起浪,闲话奚月茶也是听到过的。那也就是说,马秋菊是最希望她不能生育的。只要她不生育,到时马世海就会跟她离婚,马秋菊就有机会了。

不过,马秋菊已经嫁到隔壁村了,回来也不多,她又会使用什么手段,神不知鬼不觉地让自己怀不上呢?奚月茶就想到了刘二妹,刘二妹是她的婆婆,马秋菊回娘家碰见时两人经常有体己话讲,如果马秋菊通过刘二妹,给她下药什么的,也不是不可能。只是刘二妹为啥这么做呢?

按理说刘二妹应该是盼她早生孩子的,那最有可能的解释就是,刘二妹也不想马卫东出生。对了,不仅是刘二妹不想马卫东出生,整个问溪村都不想马卫东出生。马卫东是有出息的人,整个村的人居然都不想他出生,那就是说,村里人都癫了,不是现在癫的,而是以前就癫了。

想到这里,奚月茶把马卫东搂得更紧了。马卫东感觉到闷热,说,妈,我要出去玩。奚月茶说,你不能出去玩,外面都是坏人。马卫东说,外面没有坏人,爸也在外面呢。奚月茶贴着马卫东的耳朵,一字一句地说道,你知道吗,你爸也已经癫了。马卫东喊了出来,说,爸没有癫,是你癫了!

马卫东的话就像一排炸雷,把奚月茶给吓蒙了,她条件反射地扯起被子,捂在自己头上。过了好一阵子,掀开被子才发现,马卫东不见了。

马卫东呢?马卫东去哪里了?奚月茶不由得大喊大叫起来。马冬梅与刘二妹有点慌乱,看奚月茶有想下床出去的意思,急忙拦着不让起来,三人顿时扭在一起。还好听到动静的马世海进来了,上来一下子就把奚月茶给按住了。

感受到马世海的力量,奚月茶也就不再挣扎了,待气喘平了,就睁着眼睛对马世海说,我不动了,你把姆儿找过来。马世海说,那你不要把姆儿吓着了。奚月茶说,我有这么吓人吗,真的会把姆儿吓着吗?马世海愣了一下,松了手,说,没有没有,等下我就让马卫东过来陪你。

是的,也只有在马卫东的陪伴下,奚月茶的心才能踏实下来。这次奚月茶没有把马卫东搂得那么紧,她只是捏着马卫东的一只小手,就昏昏沉沉睡过去了。那些身体里丢失的力气,只有在睡梦里才找得回来。

也不知什么时候,奚月茶睁开眼,突然发现身边不见马卫东了,房间里空荡荡的。她连忙起身寻找,推开门,却看见屋门前烟雾缭绕,隐隐约约还能听到马卫东的哭声。循着声音找了过去,就见一群牛头马面正聚在门前咺呜呜怪叫。她顾不得害怕,从牛头马面中冲了过去,然后,一个瘦小的身子就从烟雾中显了出来。

奚月茶知道,这是马卫东被牛头马面给围住,吓坏了。奚月茶心里也非常害怕,但还是一把抱住马卫东,回过头,却发现那群牛头马面居然变成了村里人的模样,一个个地围在她眼前狞笑着……

三

小请、打王,该做的迷信都做了,当然在奚月茶的眼里,这是村里人联合起来,倒打一耙,让她觉得,是她癫了。

确实,这样一番折腾下来,奚月茶也差点相信,自己真的癫了。不过,还是让奚月茶发现了问题,就在打王先生捏着龙角、摇着铃刀,念念有词地从她床前经过时,她忽然发现这打王先生有点眼熟,想起来了,就在一年前,她还给他打过屁股针。就在隔壁后田村,有人来请她,说他的兄弟肚子疼得不行。奚月茶大致问了情况,背起药箱赶了过去,见是一个三十多岁的汉子,脸色苍白,抱着个枕头趴在床上哎哟哎哟地叫唤,又问了下病情,判断是病毒引起的急性肠胃炎,便配了药,吸进针筒,让松了裤带露出半截屁股,药水棉一擦,一针扎了下去,没过多久,病人就不再哼哼了。

原本医生给病人打针,也是正常不过的事情,不过让奚月茶印象深刻的,就是打针的时候,对方忽然放了一个臭屁,奚月茶是憋着一口气打完这一针的。现在奚月茶终于憋不住了,忍不住哈哈大笑起来,说,你那个屁,真的好臭啊。

或许是打王先生也想起了放屁的事情,手一颤,龙角差点就掉落下来。他没有回应奚月茶,闪了下手腕,抖了下铃刀,就匆匆经过奚月茶的床前,几乎是逃也似的从房间里溜了出去。而跟在打王先生后面的村里相帮人,却把棒槌捶得嘭嘭响。这样的行为,不得不让奚月茶觉得,打王先生就是走个过场,一切都是村里人安排好的。

就在打王后的第二天晚上,问溪村发生了一起火灾。起火的地点是奚月茶的上间屋,隔着菜园,火势越烧越旺,黑夜红彤彤的,村里几乎所有人都提着水桶跑去救火了。奚月茶也从房间里跑了出来,她没有跑去火灾现场,只是站在屋门前看着这一切。

老屋一角差不多烧塌了,发出噼里啪啦的声响,在吆喝声中,有人爬上屋檐背,把靠近火源的瓦全部给推掉了。火光直冲而上,一头小猪忽然从火光中跑了出来,跳过菜园,竟跑到了奚月茶的跟前,然后跪了下去。

看着猪呼噜越打越轻,眼睛逐渐眯上,眼泪缓缓流出,奚月茶知道,这猪一定有什么话要跟她说。奚月茶不由得闭上眼睛,肉焦的味道漫了过来,她的脸皮开始发烫,一个孩子的声音从耳边透了进来,那是马卫东的声音:"妈,我好热啊!"

这声音就像是一把火,在奚月茶的心里烧了起来,马卫东的脸就在火光中现了出来。奚月茶双脚弹了起来,睁开眼直奔那火灾现场,披头散发的,对着那火烧屋"马卫东马卫东"地大喊起来,直到马卫东被刘二妹带到她的面前。这时候,原本也在灭火的马世海已经要抱不住她了。

而马世海再次这样抱着她的时候,是在去瑞平精神病医院的路上。原本马世海说他妈身体不舒服,要带去医院看看,让奚月茶跟着一起去。奚月茶说,那姆儿怎么办?马世海说,放心,我已经交代我大哥了。马世海的父亲已经去世了,生有兄弟三人,他是老二。奚月茶说,那我们什么时候回来?马世海说，就，就一两天吧。奚月茶看着马世海的心胸，知道马世海说谎了，正在犹豫时，便听到坐在车后斗的刘二妹哎哟地叫唤了起来，然后自己就被马世海从后面抱住了，推上了拖拉机。

奚月茶是看到瑞平精神病医院的牌子时，才知道是送自己去医院。刘二妹的病是不可能去精神病医院的，那就是说，是他们联合起来把她骗到这里的。

奚月茶想跑，不过，已经迟了。一路上，她也想到了很多，是拖拉机突突突的声音，把她拖进了一个颠簸的世界里，在那里，她努力让翻滚的肠胃慢慢平息下去。也不知是什么时候，她听到拖拉机后面还拖着一串妈啊妈啊的叫唤声，她回过头，就看到马卫东追着拖拉机一路跑来，光着脚丫，尘土混杂着鲜血把脚印刻在马路上。一股血腥味钻进了她的鼻孔，她的胃里顿时翻江倒海起来。奚月茶大喊着停车，拖拉机终于停了下来，她睁大眼睛，却看不到马卫东的身影。

等奚月茶再一次叫喊停车的时候，拖拉机就没有再停下来了。喊累了，她的嗓子里像是冒出了火，不由得一阵干呕。正当奚月茶想着要不要从车上跳下去的时候，就看到了瑞平精神病医院几个门牌大字。作为赤脚医生，奚月茶自然明白这几个字的意思，当拖拉机在门口停下来时，她试着站起来，却发现双腿颤抖得厉害。

奚月茶几乎是被马世海扛进医院的。一开始,奚月茶也想走几步,不过走的却是与医院大门相反的方向。马世海看到了,就一下跑过来,把奚月茶扛进了医院。

奚月茶踢了几下脚,就放弃了挣扎。因为她看到,一个跟她差不多年纪的女人,还没从医院门口跑出来,就被一个穿绿色军装的男人给摁住了。然后,就听到长长的一声惨叫,差点把奚月茶的心也戳破了。

后来奚月茶才知道,这个女人叫叶玲花,也是这个医院的病人。两人还成了朋友。医院里,有各种各样奇怪的人,有唱歌的,有跳舞的,有坐着不停说话的,有站着睡觉的,还有提着自己头发想飞上天的……奚月茶能听到他们心里在讲什么,却无法跟他们对上话,除了叶玲花。

是叶玲花主动搭上她的,那天奚月茶吃完药后,正站在床前看着太阳斜落,忽然感觉有人站在她的身后。奚月茶觉得对方有话要跟她说,就一直站着等对方开口。也不知过了多久,太阳快落下去的时候,奚月茶终于忍不住回了下头,这才听到对方说,我叫叶玲花,能问你一个问题吗?

奚月茶没有回答。叶玲花说,你在这里有朋友吗?奚月茶摇了摇头。叶玲花说,那我能做你朋友吗?奚月茶想了想,又摇了摇头。叶玲花说,那你能做我朋友吗?奚月茶又想了想,然后就盯着叶玲花的胸口处看。叶玲花说,你看什么呢?奚月茶感觉眼前有点模糊,吃了药后,她开始有点迷糊,已经听不清叶玲花心里在说什么,不过,她还是能感觉到,叶玲花是真的想交她这个朋友。于是奚月茶说,我可以做你的朋友。

奚月茶也没有想到,朋友会来得这么快。成为朋友后,叶玲花会偷偷地跟她说一些奇怪的话,印象最深刻的,是叶玲花跟她说,其实她没有病,不过,她得装成有病的样子,这样的话,她才能在医院里待下去。奚月茶说,那你上次跑出医院是怎么回事?叶玲花说,那是我故意装的。奚月茶说,装啥?叶玲花说,装作很想回家的样子,在这里,你越想回家,就越不给你回去。奚月茶说,你真的不想回家吗?叶玲花说,真的不想回家,因为家里都是想害我的人。奚月茶说,我家里也一样,不过我还是想回家。叶玲花说,为啥?奚月茶说,我要保护马卫东。

四

奚月茶在瑞平精神病医院待了差不多半年时间。

在奚月茶快出院的时候,她发现,自己已经完全听不到别人心里的声音了。作为赤脚医生,奚月茶很努力地配合医生的治疗。医生不为难医生,奚月茶是这么想的,也是这么做的。在医院里,奚月茶成了最受医生欢迎的病人,不像有些病人,闹腾,被捆绑在病床上才得安生。只是,吃了药后,奚月茶会感到疲惫像被子一样卷来,把她摁倒在病床上。她还能感觉到,一些东西正从她身体里抽离出来,连同脑子也变得浑浑噩噩。

不过奚月茶还是一直牢记着,她只有离开医院,才能见着马卫东。而要离开医院,就得经过医生的同意。而要医生同意,就得让医生满意。

奚月茶还记得,在她离开医院之前,她曾经做过一件不可思议的事情。是这样的,自从进了医院之后,每当夜深人静的时候,她心里就会有一个毛茸茸的圆球蹦出来,害怕吓着别人,奚月茶就会试着把这个毛球抓回来,蹑手蹑脚,得费好大的劲,总是会累得气喘吁吁、冷汗直流。但就在出院前的那两个晚上,奚月茶竟能够轻而易举地,不用起床,一伸手,就可以把毛球一把抓住并塞回去。而在她第二天早上醒来之后,背上衣服也就不再凉凉的了。

也不知道是不是这个原因,在她连续两个夜晚轻松抓回毛球后,医生就安排她出院了。出院前,医生说,回去后要记得按时吃药,知道吗?奚月茶说,知道。医生说,知道为啥还要吃药吗？奚月茶说，知道，我有病。医生说，放心，你的病已经好了，吃药只是防止复发。奚月茶说，那我还会复发吗？医生说，记得吃药就不会了。

药确实是很难吃的，而且吃完了还难受，一两天瘫在床上不能起来，奚月茶一辈子也忘不了那药的名字，叫五氟利多。好在，回去后一个星期只要吃一次。当然，这是后话。而当她出院跟马世海回到问溪村的时候，才发现，整个村庄又变了一个样子。

终于又见到马卫东了。在奚月茶去医院后的好长一段时间里，她都在担心马卫东会不会被人谋害。之前，在奚月茶还没去医院之前，她就把一把菜刀放在床底下，那把菜刀多次吃过她指头上的血，有一定的灵性，相信能帮她保护马卫东。而奚月茶见到马卫东后，发现马卫东眼里竟有一丝对她的恐惧。奚月茶明白马卫东的意思，没有把马卫东搂进怀里，而是冲马卫东笑了笑，从口袋里掏出一个苹果。

苹果是出院后路过鹤川县城时买的，称了五个苹果，就过一斤了，奚月茶想了想，又还回去了两个。奚月茶回到家的时候，没有见着马卫东，问起来，刘二妹说马上去找找。看着刘二妹出去的背影都有点摇晃了，但还是蹬蹬蹬急迫的样子，奚月茶又想起回来时看到的村里人的眼神，忽然觉得，是不是她以前想多了。

村里人看她的眼神竟变得柔和,不再像以前那样看着扎人了。这样的变化确实让奚月茶开始怀疑自己,甚至觉得,她之前遇到的那些事,也是她思虑过多的错觉。

奚月茶又不由得想起,她在去上龙坳拜神的一个星期前,去了一趟县城。以前每隔一两个月,奚月茶都要去一趟县城,到医药公司进一些药回来。那天,她从汽车站出来,正在街上走着,忽然听到嘭的一声巨响,侧过头,是一辆黑色的小汽车从她身边飞过,然后就看到一个孩子趴在路上,医生的本能让她压着惊恐赶过去观望,但看到孩子的脸时,她就再忍不住扭头干呕起来。

孩子跟马卫东差不多大小,一时间奚月茶甚至有这孩子是不是马卫东的念头浮出,但再想想,是不可能的。就在她感到手足无措时,越来越多的人围了过来,奚月茶感到自己快窒息了,只能做贼似的从人群里挤了出来。

直到回到家后,奚月茶还是有点心不在焉,摆药时不小心把一瓶安乃近打碎了,药丸散了一地,奚月茶心疼不已,趁着没人就把药丸捡到一个用过的旧瓶里,恰好有人过来买药,说家里老人头有点晕,摸起来额头也有点烫。应该是对面山里的一户人家,慌乱之余,奚月茶就把手上那瓶安乃近也开了几颗出去。没两天,就听说那老人病情加重被送到县人民医院去了,又过两天就听说被运回来了,说是没的治了。

知道老人死了的消息后,奚月茶总觉得那瓶捡起来的安乃近是有问题的。心虚之际,她就趁着夜色偷偷地把那瓶剩下来的安乃近倒入屋后的水塘,却感觉后面有人跟着她似的,跑回屋时滑了一跤,后脑勺磕在门槛上,就落下老觉得背后有东西跟着的毛病了。

是的,这件事她曾努力压着不让自己想起,但现在想起来,才觉得是当时自己想多了。从精神病医院回来后,奚月茶就觉得脑子清爽多了,背后跟着的东西也感觉不到了。奚月茶甚至觉得,那个被车撞了的孩子送到医院后,应该会被抢救过来。至于那瓶安乃近,掉落在地上也不会影响药效,那户人家老人去世也跟她没什么关系。而之后发生的,让她觉得村里人全癫了的那些事,也是做梦。不过很快,她的这种想法又发生了变化。

主要还是药店的问题。奚月茶想着把药店继续开下去,问马世海的意见,马世海支支吾吾说不出来。倒是刘二妹说了,让她先好好养身子,过段时间再说。但奚月茶觉得自己的身体已经没啥问题了,打扫了一番,就把药店门打开了,自己坐在柜台里经营了起来。

　　说是药店,其实就是自己住的房子整了一间厢房改造出来的,再整一道门出来。让奚月茶没有想到的是,一连两天,不仅没见有人进药店,甚至有路过的,都似乎故意远远避开。

　　而在她走出药店后,村里人遇到了,也会迎上来,打招呼、拉家常的。奚月茶找了马冬梅问其中意思,马冬梅想了想说,这药店还是不要开了的好。奚月茶说,为啥?马冬梅支支吾吾了半天才说,你还记得那天马氏娘娘庙的雷响吗?奚月茶想了想说,你的意思是说,马氏娘娘不想让我开?马冬梅说,我也不清楚,不过雷响肯定是要警告什么的。

　　奚月茶知道马冬梅的意思,却还是不信这个邪,又在药店里坐了几天后,还是一单生意也没有,整个人就有点恍惚起来了。而正当她烦躁之际,又听到了这样一个消息,整个人顿时就炸起来了。

　　是关于马卫东上小学的事。那时间溪村还没有幼儿园,小孩子是直接上小学的。年龄虽然没有明确的规定,但一般是得满七周岁。

　　马卫东是下半年十月份出生的,算起来就差了一个多月。奚月茶想让孩子早点上学,自己还要看药店,就让马世海带着孩子去找村里的文老师,也是村校的校长。见面后,文老师说,先考考看吧。马世海说,考什么?文老师低头问马卫东,会数数吗？马卫东低头不语。马世海说，老师问你呢。马卫东把头缩了缩，显得更紧张了。马世海说，你快数啊。还是文老师懂得孩子，说，别吓着孩子。又蹲下来低声问道，一加一等于多少知道吗？马卫东想了想，摇了摇头。文老师说，那一个指头加一个指头呢？文老师伸出两个指头问。马卫东看着文老师的手，说，三个。

于是，文老师把马世海拉到一边，说，你这个孩子还是再等等吧，上了也跟不上。马世海自然知道文老师的意思。不过，奚月茶却不是这么想的，当马世海跟奚月茶说起孩子的情况后，她忽然觉得眼前一黑，然后一个念头从黑暗中飞了出来，文老师肯定是错了，马卫东说的是没有伸出来的指头的数字。

又到了要吃药的时候，奚月茶使了个心眼，把药压在舌头底下，等马世海走后就把药给吐了。这样，奚月茶就不用担心自己失去力气了。奚月茶在学校里找到了文老师，并告诉文老师搞错指头了。文老师说，我晓得你的意思，不过根据我的经验，等孩子足岁了，再上更好。奚月茶说，那你家孩子上小学时不是小半岁吗？文老师一时无语，只能说，那是以前，现在区教办有规定，原则上得足岁了才可以。奚月茶看到文老师脸涨红了，知道他在说谎，就说，你是校长，原则不原则还不是你说了算？文老师说，学校的事我一个人说了也不算，得大家一起商量决定。又接着说,我还有点事,先出去一下。

也就在这个时候,奚月茶看到文老师屁股上长出了尾巴。是的,狐狸终于露出尾巴了,奚月茶三步并两步冲了上去,一把抓住了那尾巴。你抓我衣服干吗?文老师回头问道。奚月茶说,你答应让马卫东上学,我就放了。文老师甩了几下,向前走了两步,奚月茶也向前跟了两步。文老师继续向前走,奚月茶也继续向前走。总之,文老师走到哪里,奚月茶就跟到哪里,终于没有办法了,文老师说,好,我可以答应你,不过你得让我开会商量一下。奚月茶说,你不会骗我吧,万一其他人不答应呢?文老师说,我是校长,我说了算。

就这样,马卫东上了一年级。马卫东上课也是认真的,坐得端端正正的,但就是听不进去。考试的时候,数学、语文两门课加起来,也没到及格分。还是一年级期中考后,奚月茶看到马卫东的试卷分数,就觉得眼睛不大对劲了,擦了擦,再仔细看,就见那分数跳动了起来,忽闪忽闪的,像是调皮的孩子,没得一刻安生。

奚月茶看得眼睛发酸,只好把试卷放下来。那天夜里,奚月茶辗转着无法入睡,马卫东就睡在她的里面,马世海则睡在她的外面,她只能坐了起来,见边上两人睡得沉,就偷偷起身溜了出去。刚才透过窗格,她能感觉到有什么东西趴在窗户外面偷窥,于是就摸到厨房拿了一把菜刀在手上,拔出门销,拉开后门,一脚迈了出去。

夜风扑到奚月茶的脸上,她噌噌噌地发抖。奚月茶知道,今天晚上,有一场战斗要开始了。是的,奚月茶发现,下午马卫东放学回来后,额头好像有一团乌云蒙着,他自己怎么擦也擦不去,就觉得,一定是有什么脏东西缠住马卫东了。现在终于可以确认,这脏东西就是趴在窗户外的那个。

奚月茶故意绕了一个弯,路过水塘边,瞄了过去,有个黝黯的影子在水塘里晃动。奚月茶判断,这个影子就是那个脏东西的倒影,掂了掂菜刀,一转身,就往那大概的位置劈去,只听到噗的一声,菜刀就被结结实实地卡在那里。奚月茶摇了摇手柄,见没啥动静,又顺着刀背摸了过去,手指就触到了湿漉漉的一片,急忙缩回手来,放在鼻子下闻了闻,一股血腥的味道就冲了进来。

奚月茶不知道自己是怎么回到房间床上的,只是一直在想,她已经把那脏东西给砍了。伸手又摸了摸马卫东的小胳膊,马卫东原本就长得瘦小,那小胳膊就像竹竿一样,奚月茶摸得有点发慌,忍不住把马卫东整个身子圈进怀里。

第二天一大早,奚月茶看到那把菜刀一头深深地扎在屋后池塘边的琼树上,还有紫红色的汁液渗出。费了好大的劲,奚月茶才把那把菜刀摇了下来，一不小心，就听见嘣的一声，刀刃缺了一个小口。

奚月茶忍不住摸了摸后脑勺，那里又是一阵阵发凉。奚月茶觉得，那一片失去的刀刃，莫名就钻到那里去了。

五

可以说，除了奚月茶，没有人会想到，马卫东的成绩会在二年级的时候忽然好了起来。

之前，由于成绩问题，马卫东在一年级留了两年，升了二年级也不是因为成绩有什么起色，而是个子长高了，再留下去就显得太突兀了。

对于留级，奚月茶觉得还是可以接受的。那时候，学习跟不上的孩子留个级什么的，也很普遍。奚月茶认为，是马卫东还没有开窍的原因。这样，也是对马卫东的保护。老话说，小时候越糊涂的孩子，就越容易糊里糊涂地长大。

一段时间以来，奚月茶都非常留意马卫东的脑门，马卫东的额头发际下有一红色的胎记，像是一个印章盖在那儿。奚月茶发现，马卫东那胎记似乎变淡了。如果红色消失了，那是不是意味着马卫东的封印解除了，就开窍了呢？这样的念头让奚月茶惴惴不安,夜里躁得睡不着觉的时候,她就会揣着把菜刀,站在屋后嘴里叨叨念个不停,目的就是防止有脏东西从后门进入,对马卫东不利。

而就在马卫东升上二年级没多久,刘二妹去世了。刘二妹是在睡梦中去世的,头天人还好好的,第二天早上发现的时候,身体已经硬了。起先,马卫东想找奶奶问一个问题,在学校里,同桌马大聪问马卫东,牛头加马嘴等于几?马卫东想不明白牛头怎么能跟马嘴相加,在早上起来准备上学时,不知怎么突然想起刘二妹经常口头说的,老人有老经验,没有啥事是不晓得的。于是就想去找奶奶问一下,结果发现奶奶躺在床上怎么叫都没有动静了。

刘二妹去世后,按村里惯例做了三天法事,要送上山时,由于年龄相冲,马卫东得避一避,马世海就让马卫东远远地给奶奶磕三个响头。咚咚咚三声后,马卫东额头就起了个大包,还渗出了血丝。奚月茶看到后心痛不已,站在那连骂人的力气都没了,还好有相帮人赶紧找了山茶油给马卫东抹上,没多久就结了疤,疤掉了后,又过了些日子,奚月茶就发现那胎记也不见了。

这是封印解除了。奚月茶变得更加警惕了,在马卫东上学的时候,会远远地跟在他背后,甚至在放学的时候,也守在家门口远远看着。而马卫东则变得机灵了,一瞥见奚月茶撒腿就跑。

说来也神奇,二年级期中考的时候,马卫东的成绩明显有了提升,语文、数学居然都上了及格线,到了期末考的时候,语文、数学竟双双得了个 88 分。在问溪村校,这个成绩已属于班级前几名了。

马世海觉得,马卫东之所以成绩变好,是因为得到了奶奶的保佑。他想着给父母做个坟面,又因为经济条件不好,没办法实行,只能在那年过年前,刘二妹生日的那一天,带着马卫东去坟前拜一拜。没想到回来的时候,马卫东走丢了。

是这样的,由于马世海父母的坟在山上,马世海祭拜完后,顺便担了一担干柴回来,就让马卫东走在前面。当马世海回到家时,才发现马卫东没有回家。问了村子里的人,也说没看见,只好回头再找。

奚月茶得知消息后,就站到了二楼楼梯口,对着坟山方向,开口大骂刘二妹。奚月茶一直觉得,马卫东以前成绩不好,就是刘二妹从中捣乱的。这不,刘二妹一走,马卫东的封印就解除,马上开窍了,成绩也好起来了。现在,马卫东不见了,那也就是刘二妹搞的鬼。

最终,人们在半山路亭的稻草垛边找到了马卫东。马卫东是走累了,就靠在路亭里稻草垛边休息一下,没想到就睡过去了。回到家后,奚月茶发现,马卫东的脖子上起了一条条红印,就像是被鞭子抽了一样。她顿时觉得,有一条鞭子抽在自己身上。

咋就这么狠心呢!奚月茶一眼看过去,便判断出拿鞭子的就是刘二妹。对着马世海,奚月茶说,你看到姆儿身上那红印没,就是你妈搞的鬼。马世海说,我妈就是做了鬼,也不会对自己的孙子下手啊。奚月茶说,你不知道鬼迷心窍吗?鬼被迷了心窍就不会认人了。

马世海是个老实人,嘴本来就笨,一时竟无法辩驳。不过,马世海也是个孝子,内心还是容不得奚月茶这么说母亲的,急红眼了,就啪啪扇了自己两巴掌。

奚月茶看到马世海的样子,也就看到了刘二妹扇马世海巴掌的样子。

是以前的事了,刘二妹用马卫东的试卷包了六六粉,奚月茶见着后,心想着这是刘二妹故意毒害马卫东,让他成绩不好,便忍不住对刘二妹破口大骂。

马世海刚从山上回来,听见奚月茶对母亲口出恶语,就让奚月茶马上住口。奚月茶那团火正在嗓子眼上冒着,哪里听得进马世海的话,而马世海也急了,见自己咆哮没压住奚月茶的声音,就冲过去想把奚月茶的嘴给捂住。奚月茶自然不肯就范,两人就一下子扭在了一起。还是刘二妹一记耳光把马世海给制住了,刘二妹说,一个人癫还不够,你还想两个人癫啊。马世海傻在那里,然后就被刘二妹给拉走了。

奚月茶想起这些,就越发觉得,得加强对马卫东的保护。她的眼睛,她的耳朵,她的鼻子,甚至是后脑勺,都变得越来越警惕了。在马卫东的四周,只要有什么风吹草动,她都能明显感知。

而除了刘二妹,马冬梅也是她重点防范的对象。奚月茶还记得,那天马卫东忽然一身泥土出现在她眼前,她分明看到马卫东背后的手印,就是马冬梅的儿子文章明推出去的手掌。

奚月茶晓得,这是马冬梅搞的鬼。表面上看起来,马冬梅各种对她好,但背后却是生暗心的,害她也就算了,还让孩子害马卫东。这感觉就像针扎一样刺进她心里,她终于忍不住破口大骂起来。

先是在门口骂的,接着就走到了天日下,骂的尽是脏话,还带着诅咒的意思。奚月茶觉得,这样才能让马冬梅害怕,才能保护马卫东。

尽管如此,奚月茶还是觉得自己做得不够,她知道,无论是活着的马冬梅,还是死去的刘二妹,包括村里的其他一些人,甚至是马世海,都有可能伤害马卫东。在这样的情况下,

风隐山溪

她应该怎么办才好呢?

　　是的,除了尽量跟着马卫东,奚月茶还对自身装备进行了升级。菜刀必须随身携带,奚月茶还去镇里买了一打剪刀,用尼龙绳穿成一串,挂在腰间。走路的时候,会发出哐啦哐啦的声响,这样的话,什么牛鬼蛇神啊,只要听到了,就会远远避开了。

　　以防万一,奚月茶就是在睡觉的时候也不会轻易脱衣服,更不会把菜刀、剪刀拿掉,虽然睡得会有些不舒服,但会让她更加警惕。甚至,她几乎不怎么洗身体,最多只是用毛巾擦几把,这样就可以确保菜刀、剪刀时刻不离身了。

　　之前也是有教训的。有一次她裤腰带坏了,实在勒不住了,奚月茶就把那串剪刀解了下来,去镇里供销社买一条新腰带,回来后就发现,放学回家的马卫东脸上多了几条血痕,问是怎么回事,马卫东说了声没事,就掉头走开了。奚月茶只觉得脸上疼得火辣辣的,分明有什么抓了她的脸,忽然想到了什么,急忙把那串剪刀挂了起来。

　　日子一天天过去,在马卫东于村里读书的时候,奚月茶还是觉得自己有足够的能力保护好马卫东的,不过在马卫东读了初中以后,奚月茶就觉得有些力不从心了。

六

初中得去镇里读,步行大概有五六里路,马世海给马卫东选择了住校。奚月茶虽然有些舍不得,却也明白这是为了孩子的学习着想,是要支持的。

不过,奚月茶就不能像上小学时一样,每天跟在马卫东后面了。又放不下心来,只能隔三岔五地给马卫东送菜。

那时候,住校的孩子都是要自己带饭菜的,一个星期五六天不回家,一般只能带霉干菜。奚月茶就会把霉干菜和猪肉炒好,压成满满的一罐头,让马卫东带过去。过了星期一、星期二,她就忍不住了,一大早便会做好油炒白菜秆,那是马卫东平时爱吃的,然后舀到杯子里,用红布袋拢起来,送到镇里学校去。

奚月茶也有感觉,马卫东似乎很不喜欢她去学校找他。镇里的学校与马路隔着一条溪,进学校要过一座桥,桥的那头便是学校大门口,奚月茶就抱着杯子站在这一头,几乎是一动不动地看着学校的方向。

学校里有时是安静的,有时又是闹腾的,上课、下课,铃声响起,奚月茶就远远地听着、看着,哪怕隔着围墙,只要眯起眼,就能看到马卫东的样子。大多数时候,马卫东都是拿着一本书,坐在书桌前,认真地听着老师讲课。

奚月茶记得,自己小的时候,也是很喜欢读书的。有时候站在那看久了,奚月茶也能看到自己小的时候,不过就是有点模糊了,然后擦擦眼睛,便又看到了马卫东的样子。

可以说,站在校门口等待的时刻,也是奚月茶心情难得放松的时刻。也不知过了多久,马卫东就会从那座桥上跑过来,走到奚月茶面前,抢也似的拿过菜,嘴里说着,快回去,快回去。然后掉头就往学校里跑去。

一开始,奚月茶一个星期至少会送两次菜。马卫东星期六从学校回来,会拎回来一大袋瓶瓶罐罐,还会板着脸跟奚月茶说,记住,下次不要给我送菜了。奚月茶不知怎么回答,只是呵呵地笑。听见没有,下次不要给我送菜了。奚月茶点点头,说,听见了。

到了下星期,奚月茶又给马卫东送菜了。站在学校对面的马路上,奚月茶感觉时间变长了,桥下溪流的声音淌进她的耳朵,直到一条鱼摇着尾巴塞在她的耳朵里,忍不住要用食指挖出来的时候,才看见马卫东出现在校门口,脸上的表情有点生气,到她面前时,就把气撒了出来,说,都跟你说了,怎么还来啊?奚月茶呵呵地笑,把手里的菜塞了过去。

终于,马卫东习惯了。奚月茶也知道,她不能天天都去镇里学校,在没去的日子里,她会找时间去村口看一看。村口有棵大樟树,大樟树肚子是中空的,里面嵌有一块大石头,侧面看就像一张人脸。村里这么流传,说是樟树里有精怪要化成人形,结果被雷劈了。不过奚月茶觉得,这大樟树里有保护神,只要她跟它好好说说,它就会替她保护马卫东的。

后来,奚月茶还被摩托车给撞了。那天早上,奚月茶又给马卫东送菜去了,走到蛇垄弯的时候,忽然觉得后背被什么东西狠狠地撞了一下,眼前一黑,就趴倒在地上,然后就听到摩托车呜呜地向前远去,直到什么声音都消失了。

也不知过了多久,奚月茶清醒了过来。奚月茶努力坐了起来,见那拢着杯子的红布袋已滚落到一边,就一把抓了过来,发现沾上了一些泥土,用手掸干净了,才觉得手上有些油腻了,知道是有点汤渗出来了,急忙隔着布袋把杯盖子盖紧,揣在怀里,想站起来的时候,才发现自己的一条腿不听使唤了。

等村里人看见,叫来马卫东把奚月茶送到镇里诊所才确诊,奚月茶右大腿骨折了。

奚月茶虽然不知道这个骑摩托车撞她的人是谁,却能断定,这个骑摩托车的,是有人派来害她、害马卫东的。奚月茶躺在床上的时候,就整天睁着眼睛,嘴里念念有词。这些话是念给她死去的父母亲听的,母亲在她还是个孩子的时候就因为难产去世了,父亲则是在她出嫁后没多久得了急病走的。

奚月茶相信,自己父母亲的在天之灵是有能力替她保卫马卫东的,但无论如何,还是自己看着比较放心。当奚月茶拄着拐杖,抱着用红布袋拢好的杯子,再次站在镇里的学校大门口对面时,已经是两个月后的事了。初冬,风吹着脸明显开始刮人了,奚月茶不停地哆嗦着身子,这样就可以站得暖和一点,也不知过了多久,终于发现马卫东的身影出现在学校大门口。

这一次,马卫东没有让她快回去,他甚至没有说什么,接过用红布袋拢好的杯子,转身就走了。不过奚月茶能看到,马卫东的肩膀抽搐了几下。有一种力量正推着马卫东的后背,以至于马卫东在走进学校大门口的时候,打了一个趔趄。奚月茶跟着心里一揪,嘴里不禁念念有词,就见着一个小鬼模样的黑影在一片阳光中消失不见了,才把心放了下来。

奚月茶的腿慢慢地恢复了,又几个月后,拐杖就换成了棒柱,这样走起路来就轻便多了。只是,怎么也比不得以前了,走起路来,腿还是一拐一拐的。

七

马世海是在马卫东初三下半年时去世的。

马世海在摆瓦捉雨漏的时候,不小心从屋顶上滑下来,后脑勺先着了地,送医院的路上,就没有气了。

对此,奚月茶似乎没有感觉悲伤。马世海在摆瓦的时候,奚月茶就站在屋檐下门前坦,看着马世海的身子被一只手推了一下。这只手有六根指头,她已经很久没有看到这样一只手了,三四十年前,那时候她还没有嫁到问溪村来,就是这样一只手把她从门前水潭里拉了上来。

奚月茶是从水潭边岩皮坦上滑下去的,就像马世海从屋檐上滑下去一样,不同的是,一只手是推的,一只手是拉的。那只手是长在一个男人身上的,男人的样子已经模糊了,那只手却反而更加清晰了。

马世海被送上山后,奚月茶足足安静了半个多月。其间,奚月茶没有骂人,也不知道为什么,觉得自己心里的一股气被放空了。她也没有掉过眼泪,只是眼角的眼屎越来越多了,有时候会遮挡视线,用手背去擦时,还能感觉到明显被剥离的疼痛感。

而对于保护马卫东,奚月茶也慢慢生出了一种无力感。大概是自己身体真的没有力气了,从问溪村走到镇里,得歇歇停停才行,一个来回之后,有时还得在床上躺上大半天。奚月茶也知道,初三下半年是关键期,只要马卫东考上中专或者中师,就算是捧上铁饭碗、吃上工作同志的饭了。这个时候,再怎么样,自己也要挺住。

就这样,奚月茶咬着牙坚持着每个星期去一次镇里。马卫东也没有说什么,直到中考前的那一天,马卫东对前来送菜的奚月茶说,明后天我要考试了,你可千万不要过来,否则我会分心考不好的。奚月茶呵呵一笑,点了点头,又连着说了几个好。她明白马卫东的意思,也知道自己该做什么。

中考的那两天,奚月茶就待在家里,哪里也没有去。天还没有放亮,她就站在二楼楼梯口,在那里,伸头就能看到通往镇里的机耕路,以及上面来来往往的人。如果觉得谁有可能影响马卫东,她就会在嘴里念念有词,她相信,这样的做法是能够保护马卫东的,还能让马卫东考出满意的成绩。

其实,这样子也是很消耗体力的。也不知道从什么时候开始,奚月茶觉得自己的身体变得沉重起来,特别是两条腿,就像铁锻一样迈不开来。站在二楼楼梯口,她努力地试着抬起脚,却没想到身子一晃,整个人就咕噜噜地滚下去了。

奚月茶觉得自己没有滚落在地,而是滚入了一个黑暗的深渊。在那里,除了黑暗,奚月茶摸不到什么,也看不到什么,甚至她的脚也踩不到什么。正当奚月茶想努力冲破黑暗回来时,突然发现眼前有一道亮光闪过,一张蓝色的脸从黑暗中跳了出来。

鬼啊！奚月茶心里一跳，第一反应就是，这东西会不会对马卫东不利？于是，奚月茶大喊道，你是什么东西，你想干什么？蓝色的脸红色嘴巴一咧，露出白色的牙齿，说，我不是东西，我要找马卫东。

你不能去找他。奚月茶明白，绝不能让这东西去找马卫东。她一边说着，一边就扑了过去，抱住那蓝脸下面的身体。她能感觉到，那下面的身体硬邦邦的，滑溜溜的，实在是抓不住，于是忍不住一口咬了下去，就见一溜青烟腾地冒了出来，又什么也看不见了。

奚月茶是后来才想起来，自己咬的竟是文昌阁里的魁星。当她得知马卫东就差几分没有上榜时，就觉得眼前一黑，脑子里飘过那个蓝脸身影，便突然明白了过来。愣了好久，便用手不停地去抽打自己的嘴巴。

马卫东也有点吓着了，说，你干啥呢？奚月茶说，都怪我，我把文昌阁里的魁星咬了。马卫东说，咬了就咬了，你也不用自己打自己啊。奚月茶说，得打，得狠狠地打才行。

终于，奚月茶停了下来。她吐了一大口血水，心里咯噔一下，又感觉哪里不对了，便对马卫东说，你这分数是从哪里看来的？奚月茶又想起来了，文昌阁重修的时候，马世海就出过好几次义工,特别是前段日子,初一、十五时,自己还上过香呢,那魁星应该不会这么小气,才咬一口就不保佑马卫东了吧?

而按马卫东的说法,是老师告诉他的。奚月茶说,是哪个老师说的,肯定是搞错了。马卫东说,是班主任,不会错的。

奚月茶没有吭声,嘴巴里又涌来一阵咸涩,这次她没有吐出来,咬紧嘴唇吞了下去,顿时肚子里有一团火生起,浑身就燥热了起来。必须得找班主任问个明白。也顾不上什么,奚月茶就挂上棒柱往镇里赶去了。早在之前,她已经了解到,班主任就住在镇里老车站对面。

奚月茶找到班主任的时候,班主任正在屋门前杀鸭子。班主任是一个四十来岁的男老师,戴着高度近视的眼镜。鸭子已经被放血了,班主任拎起鸭子翅膀,把鸭子扔进盛有开水的塑料桶里烫毛,却没想到本该死去的鸭子扑棱了起来,吓得他急忙跳到一边,抬起头,就看到奚月茶站在他的面前。

班主任也是知道奚月茶的,对于奚月茶的突然到来,显然没有做好心理准备,直到扑棱的鸭子安静了下来,才说道,你是马卫东的妈吧,马卫东考得不错,在学校里也是前几名。奚月茶说,那马卫东有没有考上啊?班主任扶了扶眼镜,说,高中是考上了。奚月茶说,那中专呢?班主任说,还差一点。奚月茶说,那中师呢?班主任说,这个嘛,最好是重读一年再考。

奚月茶说,好好好,那就重读一年吧。班主任又看了看鸭子,过去用手指压了一下鸭子的肚子,见真的没有反应了,才说,真要重读的话,还是得要校长同意。

是的,奚月茶也知道,学校里的事,得校长做决定。虽然她不认识校长,但也从班主任嘴里得知,校长就住在学校里。学校就是校长的家,她得去学校才能找到校长。

学校已经放假了,校门却一直开着。奚月茶站在学校对面的马路边,不时能见着有人来往,看来还是有不少人住在学校里。奚月茶想走过去,但走到桥这头的路口时,就发现自己迈不开脚步了。

自从马卫东读初中以来,差不多三年的时光里,也或者说,从一开始,奚月茶就没有跨过这座桥。也曾有脚底痒痒的时候,却总敌不过脚上不断增加的重量。只是这一次,奚月茶觉得,自己是无论如何都要跨过去了。

奚月茶低头看了看桥下的流水,发现那卷起的波浪冒出火一样的光芒,河流竟然燃烧起来了。奚月茶擦了擦眼睛,一股烤鱼的味道钻入鼻孔,蛇一般地溜进她的喉咙。她不由得蹬蹬地退了两步,赶紧一只手抓住了铁栏杆,才没有摔倒。

奚月茶感受到了恐惧,一个声音在耳畔响起,赶紧回去,否则对你不客气了。在心跳的加速中,另一个声音也在心里响起,为了马卫东,冲啊。

心跳愈来愈快,心里的呐喊声终于压过耳畔的威胁声,奚月茶一步一步地向前走去。桥面已经变得滚烫了,奚月茶吸了吸鼻子,已分不清是烤鱼的味道,还是自己脚底的焦味。差不多走到桥的一半时,奚月茶忽然发现,从脚底开始,自己的身体也燃烧起来了。

奚月茶想从桥上跳下去,伸手摸了下铁栏杆,发觉已经被烧红了。无路可走时,她只能奋力向前,把手中的棒柱当作划桨,一点点向前撑去。终于,在她感觉快要窒息的时候,脚步迈到了桥的这一边——学校大门口。

奚月茶仰起头,发现这大门变成了一把大闸刀,只要她从中过去,闸刀就会把她劈成两半。奚月茶长吸了一口冷气,从桥上过来后,周围就突然变得冰凉了,她感觉到背上的汗水变成了冰粒,簌簌地滑落下来。

也就在这个时候,奚月茶看到了马卫东。当然,准确地说,是马卫东的背影。在学校操场边的一面白墙上,贴着一大张红纸,马卫东正在那墙上攀爬,眼看就要爬到那红纸上,却见那背影一抖,整个又往下溜了下去。

奚月茶再也顾不上那大门的闸刀了,把棒柱往门里一扔,拐着腿穿过校门,就向那面墙冲去。

八

让奚月茶没有想到的是,当她来到那面白墙前,却没有看到那大张红纸,也没有见着马卫东。

更让奚月茶没有想到的是,当她心情稍稍平复下来后,很顺利地就找到了校长。是的,校长就站在她的背后。奚月茶问校长住在哪里的时候,对方说住学校里。奚月茶说,你知道校长在哪里吗?对方说,我就是校长。而对于让马卫东重读一年的要求,校长竟是一口就答应下来。

校长是一个矮胖的小老头,皮肤很白,白得发光。一开始,奚月茶还有点怀疑,不过,当她看清楚小老头中山装胸口别着的红色校徽以及插着的钢笔时,就确信无疑了。校长应该是认识奚月茶的,他叫她马卫东妈妈,还把那扔掉的棒柱递到她手上,让她慢慢走回去。

奚月茶回到问溪村家里时,天色已经有点黯黑了,不过一想到校长,她就觉得眼前明晃晃的一片亮堂。看见马卫东呆坐在那门前坦的板凳上,奚月茶就过去把校长同意复读的事跟他说了。

一开始,马卫东没有回话,过了好久才说,我不想读了。

奚月茶说,那你想干吗?马卫东抬起头说,我想去温州打工。奚月茶说,你是工作同志,怎么能打工呢?马卫东说,好了好了,什么工作同志,烦都烦死了,不跟你说了。

是的,奚月茶开始警惕起来,她知道,马卫东是不会说谎的。马卫东说去温州打工,那他就真的会去温州打工。虽然村里不少青年人都去温州打工,还赚了钱回来摆派头,但马卫东是要做工作同志的,绝对不能让马卫东去温州打工!奚月茶觉得,自己必须盯着马卫东,直到他去学校复读。

从那以后,一大早,奚月茶就守在马卫东的房间门口,大概四年级后,马卫东就搬到楼上一个人睡觉了。马卫东出了房间,她就跟在马卫东的后面,隔着一段距离,必须是眼睛能瞄到的,直到晚上马卫东回房间睡觉。有时马卫东生气了,无论说什么狠话,她都是呵呵地笑。奚月茶是这么认为的,等暑假过完、上学以后,马卫东就不会跑去温州打工了。

而让奚月茶没想到的是,就在开学后没几天,意外还是发生了。一个自称是马卫东班主任的老师来到了她家,问马卫东有没有在家里。奚月茶说,马卫东不是在学校吗?老师说,马卫东在学校只上了两天学,就不见了。奚月茶说,你真是班主任吗?老师说,真是真是,我们老师怎么会骗人呢?奚月茶说,那你怎么戴帽子呢,能不能把帽子摘了给我看看?老师大概是不敢摘帽子,啊啊哦哦了一阵子,转身就溜走了。

这也就更让奚月茶确定,这班主任是假冒的。马卫东怎么会不在学校呢?还记得马卫东答应她,如果自己不去学校送菜的话,他就好好读书。奚月茶竖起耳朵,一阵穿堂风灌了进来,能听到假冒班主任的帽子掉落在地上,露出一个大光头,发出嘎嘎嘎的声响,嘭地破裂开来,露出一个个小光头,有鸡蛋般大小,然后又一个接一个破裂开来,钻出尖尖的嘴巴……

奚月茶知道,那是小鬼的模样。那么多的小鬼,从光头里孵出来,遇到风就会长大,肯定会对马卫东不利。想到这里,奚月茶捏紧手里的菜刀,觉得自己无论如何都要去学校看一看了。

奚月茶趁着月色,去菜园里拔了两棵青菜回来。自从马世海去世后,就不时有村里人会送菜给她。当然,奚月茶还是很警惕的,对于村里人送过来的菜,她会用鼻子不断地闻,确定感受不到任何异味,才敢烧着吃。平时她配饭吃的菜,基本是腌菜、糖之类的。而对于给马卫东送的青菜,那更得万分小心,不能让任何人知道才行。

第二天一大早,奚月茶就起来炒好了青菜,天还是蒙蒙亮的,奚月茶就拄着棒柱出发了。奚月茶还是选择站在了学校门口的桥对面。她相信,只要她一直站在那里,马卫东就会过来拿走青菜。

也不知站了多久,奚月茶才不自觉地换了一个姿势。她原来的姿势是,一只手拄着棒柱,一只手抱着杯子,身体前倾,努力把脖子抬起来。而现在,她的两只脚已不听使唤地滑开,一屁股坐了下来。

差不多是中午的时候,一个学生从学校门口跑了过来。远远地看过去,奚月茶还以为就是马卫东。不过她很快就发现,那人不是马卫东,他只是长得跟马卫东有点像而已。那人跟奚月茶说,我是马卫东的同学,也在复读,我知道马卫东去哪里了。奚月茶缓缓站了起来,说,我知道,马卫东就在教室里。那人说,他不在教室,他去温州打工了。奚月茶说,你不要骗我。那人说,我没骗你,是马卫东亲口跟我说的。奚月茶从怀里掏出菜刀,颤抖着,说,你这个小鬼变的骗子,是骗不了我的。

看见菜刀,那学生迅速跑了。奚月茶看着那人的背影,忽然觉得一阵眩晕,她知道,那群小鬼已经来了。她要做的,就是守在这桥头,坚决不让小鬼过去。她拿起菜刀,不停地挥舞着,直到眼前暗了下来。

奚月茶再次看到光亮的时候,已是在问溪村自己家的门口了。奚月茶也不知道自己是怎么回去的,不过她还能记得,自己杀了那些小鬼,保护了学校,保护了马卫东。

记得最后,校长也出现了。校长感谢了她,还告诉她,马卫东已经被中专招录了,读完书就可以参加工作成为工作同志了。奚月茶说,那马卫东不用复读了?校长说,不用了。说着,还给她看了毛笔正楷写就的录取通知书。奚月茶说,通知书怎么到得这么迟啊?校长说,路上被小鬼缠住了,现在你把小鬼杀了,通知书自然就到了。

想到这里,奚月茶不由得笑了起来。一开始是没有声音的,到后来声音就压不住了,把门前坦的一只老母鸡吓得咯咯直跳。奚月茶已经很久没有这样笑过了,她弯着腰背靠在自己家的门槛上,等到气终于喘平了,才摇摇晃晃地站了起来,打开了锁着的房门。

门里,黑咕隆咚的。奚月茶伸手摸着门边的柱子,拉了下开关,瞬间就亮堂了。

九

此后,奚月茶就很少再去镇里了。

不过,到了傍晚时分,奚月茶还是会去村口转一转。她很想能够见着马卫东,但也明白,马卫东读中专是在外地很远的地方,一般情况下是很难回来的。只是,万一回家呢?

到了大概学校开始放寒暑假的时候,奚月茶就会走得更远一些,几乎会在村口外洞桥上站一阵子,然后走回大樟树下坐一阵子。她的身体已经无法站太久了,哪怕是拄着棒柱。

天色慢慢暗下来,奚月茶总是舍不得回去,她嘴里习惯性地嘟囔着,念念有词。只有她自己知道,她是在跟大樟树下的保护神对话。尽管与孩子隔得有些远,她还是希望能与保护神一起保护马卫东。

有时候,奚月茶还会唱起来。那些歌,都是很久很久以前的。譬如她以前扮演李铁梅时,最爱唱的《红灯记》唱段。多少年过去了,那些词一句句跳了出来,是那样清晰,一口气唱下来,就能看到一盏红灯照在面前。

奚月茶再次看到马卫东,大概是三四年后了,算起来也应该是中专毕业参加工作了。其间,偶尔也有村里人会向她问起马卫东,说马卫东有没有回来之类的话。奚月茶觉得这样问的都是不安好心的,会打扰马卫东在外安心学习,只要眼睛一瞪过去,人家也就识趣避开了。奚月茶相信,马卫东一定会回来的。等学业完成了就会回来工作,就是工作同志了。只是出乎奚月茶意料的是,马卫东回来的时候,她差点就认不出来了。

已经是过年边,村里很多在外面打工的青年人都回来了。

这些人看到奚月茶,都会避嫌着绕过去。那天傍晚,其实天色还算早,奚月茶站在洞桥上,看到一男一女两个青年人拖着行李箱走了过来。男的走在前,烫着卷发,戴着茶色眼镜,留着小胡子,穿着牛仔裤、花衬衫,奚月茶一时也想不起是谁家的孩子,却看到那男的愣了一下,竟在她面前停了下来。后面女的扯了扯男的胳膊,似乎想避开她,男的迟疑了一下,向后退了半步,对着奚月茶说了一句,我,我回来了。

奚月茶耳朵嗡了一下,瞬间想起来了,眼前这男的就是马卫东。马卫东终于回来了!可工作同志怎么能打扮成这样呢?更过分的是,他身边的女人又是谁?口红涂得这么浓,年纪看起来比马卫东还要大。

你是什么人?奚月茶盯着女人,问道。女人退了一步,没有回答。还是马卫东说,她叫陶子,是我女朋友。奚月茶说,你是工作同志,怎么能找这样的女人?马卫东说,你不要胡说了。奚月茶说,我没有胡说,这女人配不上你。

笑死人了,一个厂里的打工仔,还工作同志呢?女人也不客气地回怼了过来。奚月茶脑子嘭的一声就炸开了,说,你胡说什么,你个狐狸精,快,快把她赶走。说完,从怀里拿出一把菜刀,向着女人挥舞了起来。

马卫东,你个骗子,我跟你没完。女人退了好几步,又踉了几脚,掉头就跑了。马卫东追了上去,只见两人在马路上纠缠了好一阵子,最终女人还是走了。

马卫东也是在当天黄昏时走的。按照马卫东的说法,陶子一个人走他不放心,他得陪她回去。马卫东走的时候,塞给奚月茶一沓钱,奚月茶数了数,总共是二十张。又抬头看了看马卫东,说,这钱是哪里来的?马卫东说,放心,这是我工作的工资。奚月茶说,你在哪儿工作呢?马卫东说,温州葡萄棚。葡萄棚?奚月茶不由得愣了一下。葡萄棚是个地名,比我们村还要大很多呢。马卫东接着说道。奚月茶哦了一声,提起的心也放了下来,又想到了什么,说,你是工作同志,穿着要稳重些,不要花里胡哨的。马卫东说,知道了,你自己管好自己,我先走了。奚月茶说,你就不要管我了,做好自己的工作,我会管好自己的。马卫东没说话,转身就走了。

虽说马卫东这次回来,没有留在家里过年,却也让奚月茶确认,马卫东是工作同志了。工作同志忙起来不落屋,不在家过年也是很正常的。至于那个女人的说法,就是气她的,她是不会听的。而一想起马卫东是工作同志了,奚月茶就感觉自己的精神也抖擞了起来。

有一段时间,奚月茶还可以扔掉棒柱走一段路了。甚至感觉背也直起来了,头也抬起来了,碰到村里人,也感觉他们没以前那么可憎了,有时聊起还会告诉人家马卫东是工作同志了。人家都是哦哦哦好好好的,也就让她更加确认了。睡觉时,她还把菜刀从怀里拿出来压到床底下。她开始觉得,马卫东已经能够自己保护自己了,虽然身边可能有狐狸精出现,不过工作同志行光大(温州话中指拥有良好工作的人身上的一种能让妖魔鬼怪害怕的气质),是不怕这些脏东西的。

奚月茶跟马冬梅也说话了。自从马卫东那次回来以后,奚月茶就没有咒骂过马冬梅了。后来马冬梅给奚月茶送了几次菜,奚月茶也没有扔掉。有一次,两人在路上碰见了,马冬梅没有像以往一样避开,两人还聊了起来。

奚月茶这才知道,马冬梅的儿子文章明也成了工作同志。文章明是重读后才考上中专分配到镇里工作的,有时在村里也可以看到他,总是夹个黑色公文包,来去匆匆的样子。奚月茶也问起文章明,有没有见过马卫东。奚月茶觉得,两人是小学同学,又都是工作同志,应该会知道一些消息的。文章明表示,自己是在镇里工作,马卫东是在市里工作,平时是撞不见的,不过有消息会告诉她的。

好几年过去了,文章明一直没有告诉她马卫东的消息。虽然奚月茶坚信马卫东只是因为工作忙没时间回来,不过她还是感觉自己的身体越来越没力气了。她也有想过去找马卫东,却又怕马卫东不高兴,还怕马卫东回来找不着她。

而让奚月茶没有想到的是,文章明竟然出事了。文章明是喝酒出事的。据说是头天晚上跟镇里的领导喝了不少白酒,第二天早上发现的时候就不行了。文章明被抬回来时,奚月茶远远地看到了,还听到边上村里人的议论。

给文章明做道场的时候,奚月茶只是站在楼梯口听着,那敲锣打鼓的声音,传遍了整个村庄。当然,她还听到马冬梅号哭的声音,她心里一颤一颤的,差点心都掉了下来。

再后来见到马冬梅的时候,奚月茶发现,马冬梅迅速衰老了,背弯得比她还要弯。奚月茶也想着问候一下马冬梅,却发现马冬梅根本没有看她,马冬梅只是看着自己的脚尖,晃晃悠悠地从她身边走过。

那天晚上,奚月茶做了一个梦。梦中马卫东正在屋子里与一群人喝酒。但奚月茶却发现,这群人表面上看起来像工作同志,其实都是牛鬼蛇神变的,她能看到他们奇形怪状的样子,他们还一个个给马卫东敬酒。奚月茶知道,如果再喝下去,马卫东就会跟文章明一样了,她不由得大喝一声,想冲进去把马卫东拉出来。没想到刚冲进门,就陷入一团迷雾之中,连自己也找不着了。

梦醒之后,奚月茶决定去温州找马卫东。她记得马卫东跟她说过,他在温州葡萄棚工作。文章明的事让她觉得,工作同志,也还是要保护的。她得去保护马卫东。

第二天早上,奚月茶拄着棒柱走到镇里车站,双腿已经酸得不行了,就问有没有去温州的车。老车站里停着两辆面包车,一辆是空的,一辆坐着一男一女,男的是司机,女的是卖票跟车的。看见奚月茶凑进门来,女的皱起眉头,冷冷地说了句没有。奚月茶咬着牙齿,挺了挺腰,走出车站,她觉得,只要沿着车路向前,就能走到温州,找到马卫东。

又不知走了多久,奚月茶就感觉双腿没有感觉了,然后脑子里的脑浆也摇晃起来,越来越迷糊了。一阵迷雾漫了过来,就完全失去了方向。

奚月茶在迷雾中转来转去,实在是走不动了,就在她准备放任身子瘫下去的时候,眼前忽然冒出无数金色的小星星。她擦了擦眼睛,就看到前方有一幢房屋冒了出来,屋门前还有牌子,看样子那应该是工作同志工作的地方。然后,她感觉自己的身子飘了起来,几乎是双脚离地地飘进那幢房子的大门,飘过一条长长的走廊,一道房门吱呀着打开了,那里面是工作同志的办公室,除了办公桌,靠门边还有一张沙发椅子。

奚月茶飘到沙发前,正想着要不要坐下去休息一下,只见办公室里白光一闪,就突然暗了下去。耳边传来嘎嘎嘎的声响,奚月茶知道,那是妖魔鬼怪要害人时牙齿发出的声音。她把手伸进怀里,却发现菜刀不见了,正当惊恐之际,一盏熟悉的红灯亮了起来,红灯下,马卫东出现在她的眼前,摆出一个战斗的姿势,说,妈,不要怕,让我来保护你吧。

这是马卫东这么多年来,第一次当着她的面叫她妈,一股暖流从心里涌了出来,奚月茶不由得点了点头,坐到沙发椅子上,身子缓缓地向后靠了过去。然后,又缓缓地闭上眼睛。